WISHBOOKS MODERN FANTASY STORY

예성 장편소설

 **SUPER ACE** 3

예성 장편소설

초판 1쇄 찍은 날 | 2018년 1월 10일
초판 1쇄 펴낸 날 | 2018년 1월 17일

지은이 | 예성
펴낸이 | 예경원

기획 | 위시북스
편집책임 | 이규재
편집 | 이즈플러스

펴낸곳 | 예원북스
등록번호 | 제396-2012-000132호
등록일자 | 2012. 7. 25
KFN | 제1-204호

주소 | 경기도 고양시 일산동구 호수로 646-24 위너스21 II 빌딩 206A호 (우)10401
전화 | 031-819-9431 팩스 | 031-817-9432
E-mail | yewonbooks@naver.com

ISBN 979-11-6098-755-3 04810
      979-11-6098-694-5 (set)

SUPER 슈퍼에이스 ACE

3

WISHBOOKS MODERN FANTASY STORY

예성 장편소설

Wish Books

CONTENTS

1장
새로운 인연

"수고하셨습니다!"

드디어 촬영이 끝났다.

기진맥진해진 영웅이 의자에 눕다시피 앉아 음료를 들이
켰다.

"푸하⋯⋯."

"수고했어요. 이제 촬영 일정은 없으니 푹 쉬어도 됩니다."

"으⋯⋯. 쉬는 것보다 운동하고 싶어요."

최성재가 고개를 저었다.

이 정도까지 운동 바보일 줄이야.

"잠깐 쉬고 있어요. 짐도 싣고 해야 되니까 출발하려면 시
간 좀 걸려요."

"옙!"

짧은 휴식이 주어진 영웅이 주변을 두리번거렸다. 온갖 잡

동사니가 많던 촬영장이 금세 치워지고 있었다.

'재밌는 경험이었어.'

힘든 일이었지만 새로웠다. 그것만으로도 뿌듯했다.

'응?'

그때 예린이 다가오고 있었다.

"오빠!"

촬영을 하면서 어느 순간부터 자신을 오빠라고 부르던 예린이다.

"예?"

하지만 영웅은 여전히 존댓말이었다. 선뜻 말을 놓기가 애매했다.

"말 편하게 하셔도 돼요!"

"으응……."

"혹시 사인 한 장 해줄 수 있어요?"

"사인?"

"네! 아빠가 야구 광팬이거든요! 오늘 오빠랑 촬영한다니까 사인 좀 꼭~~~! 받아달라고 했어요. 부탁드릴게요!"

저 상큼한 미소를 보니 피로가 사르르 녹아내렸다.

"물론 해드려야죠."

다시 존댓말이 나왔다.

"여기에 해주세요!"

예린이 야구공과 펜을 건넸다. 준비성이 철저했다.

야구공에는 사인을 자주해서 익숙했다.

"아버님 성함이?"

"최, 광 자, 배 자 되세요!"

밑에 이름도 넣어주었다.

"여기 있습니다."

"감사합니다!"

허리를 90도로 숙여 인사를 하는 예린이었다.

"참! 사진도 한 장 찍을 수 있을까요?"

"사진이요?"

"네! 멤버들한테 자랑하려고요. 헤헤! 아, 혹시 불편하시면……!"

"아니에요, 찍어요."

대수롭지 않은 일이었다.

영웅이 일어나서 그녀와 섰다.

문제는 예린이 영웅의 어깨에도 미치지 못한다는 거였다.

"키가…… 엄청 크시네요!"

"하하…….."

한쪽 무릎을 꿇고 눈높이를 맞췄다.

예린이 스마트폰을 꺼내 셀카봉에 끼워 맞췄다. 준비성이 철저했다.

"잠깐 붙을게요!"

그러면서 팔짱을 했다. 얼굴이 뜨겁게 달아오르는 영웅이었다.

"하나, 둘!"

찰칵-!

연달아 십여 장의 사진을 찍은 예린은 결과물을 확인하고는 미소를 지었다.

"사진이 무척 잘 나왔어요! 보내드리고 싶은데 혹시 까톡 하세요?"

"아, 예."

얼떨결에 메신저도 교환했다.

"감사합니다!"

"아니에요."

"참, 이거 저희 이번에 나온 앨범이거든요? 한번 들어주 세요!"

마지막으로 가방에서 나온 건 CD였다. 사인까지 되어 있 었다.

"잘 들을게요."

"예린아! 슬슬 가자!"

"네! 오늘 촬영 즐거웠어요! 내년 시즌에도 파이팅해 주 세요!"

"네, 들어가세요."

"다음에 만나게 되면 꼭 말 놓으시고요!"

"하하……."

어색하게 웃는 영웅을 뒤로하고 예린이 멀어졌다.

그사이 최성재가 다가왔다.

"응? 그거 걸스 신규 앨범 CD 아니에요?"

"예, 예린 씨가 주고 가던데요?"

"그렇군요. 자, 짐도 다 실었으니 이만 갈까요?"

"옙."

영웅의 촬영 일정이 마무리됐다.

며칠 뒤, 영웅은 대성의 연락을 받았다.

[이번 훈련에 나도 참여할 거야.]

"잘됐다!"

친구와 함께 하는 훈련은 처음이었다. 영웅은 진심으로 기뻐했다.

다음으로 전화가 온 건 박형수였다.

-대성이도 이번에 간다고 하더라.

"예, 들었습니다. 형님, 대성이 비용 저도 부담하고 싶은데……."

-어? 못 들었냐?

"예? 뭘요?"

-대성이, 제 돈으로 간단다. 고집이 아주 황소 똥고집이어 가지고 말이 통하지가 않아. 뭐, 아예 이해 못 하는 것도 아니지만.

"아……."

-뭐, 그렇게 됐으니까 슬슬 날짜 잡자.

"알겠습니다. 최 과장님과 통화하고 다시 연락드릴게요."

-그래

전화를 끊은 영웅은 대성이를 생각했다.

만만치 않은 비용이다. 그걸 스스로 해결하겠다는 건 이번에 모든 걸 걸겠다는 뜻이나 다름없다.

"후우……. 일단 날짜부터 잡아야지."

최성재에게 전화를 넣어 사정을 설명했다.

―호텔이나 그쪽 피트니스 센터도 잡아야 되니 열흘 정도 뒤가 적당할 거 같습니다. 형수하고는 제가 이야기해 둘 테니 신경 쓰지 마세요.

"예, 알겠습니다."

―참, 그리고 이번 훈련에 어머님이랑 수정 씨도 동행하는 건 어떻습니까?

"엄마랑 누나를요?"

―예, 곽이 휴가를 보내기에 딱 좋습니다.

"그렇겠군요."

―이야기 나눠보시고 저한테 알려주시면 제가 좋은 풀빌라나 호텔을 알아보도록 하겠습니다.

"예, 곧 연락드릴게요. 조언해 주셔서 감사합니다."

―별말씀을 다 하십니다.

생각지도 못했다.

"엄마! 누나!"

쇠뿔도 단김에 빼라고 했다. 영웅은 바로 두 사람의 의사를 확인하기 위해 방을 나갔다.

며칠 뒤, 영웅은 괌에서 달리고 있었다.

새벽부터 일어나 해변을 달리는 기분은 상쾌했다.

옆에는 대성도 함께였다. 처음에는 힘들어 했지만 시간이 지나면서 점점 훈련 스케줄을 따라오기 시작했다.

오전에는 대부분 유산소 운동과 근력 운동으로 시간을 보냈다.

피트니스 센터는 시설이 좋았다. 최신 기계들과 트레이너들이 상주를 했다. 트레이너들에게 페이를 지불하고 옆에서 도움을 받았다. 내년 시즌을 대비한 본격적인 근육을 키웠다.

점심이 끝나면 오후에는 실내 훈련장으로 들어갔다.

박형수와 대성은 타격 훈련과 포수 훈련에 중점을 뒀다.

"공을 포구하는 순간 이미 하체는 던질 준비를 끝내둬야 해. 그래야지 2루로 송구할 때 시간을 줄일 수 있어."

"그렇군요."

"자, 해봐."

대성은 박형수의 움직임을 따라했다.

그 모습을 보던 최성재가 말했다.

"대성 씨는 이번 훈련에서 배우는 게 많겠군요."

영웅도 동의했다.

박형수는 한국 최고의 포수 중 한 명이다. 만약 KBO에서 메이저리그에 진출할 수 있는 포수를 뽑자면 그가 될 것이다.

쐐액-!

뻑-!

영웅이 가볍게 공을 던졌다. 캐치볼 수준이었지만 그 위력은 사뭇 남달랐다. 일반인이라면 피하기 바빴을 것이다.

하지만 최성재는 능숙하게 공을 받았다. 덕분에 연습이 빠르게 진행됐다.

영웅은 점점 컨디션을 끌어올렸다. 따뜻한 곳에서 운동을 하니 겨우내 잠들어 있던 근육들이 깨어나는 기분이었다.

'작년보다 올 시즌이 더 힘들 거다.'

2년 차 징크스라는 말이 있다. 루키 시즌을 잘 치른 투수가 2년 차에 무너지는 걸 말한다.

역사적으로 수많은 투수가 2년 차 징크스를 겪었다.

이유는 여러 가지다. 성공에 취해 준비를 소홀히 하는 것도 한 가지 이유다. 하지만 영웅에게는 해당 사항이 없다.

그럼에도 경계하는 건 바로 상대 팀들의 전력 분석 때문이다.

"시즌 도중에도 전력 분석은 이루어진다. 하지만 본격적인 분석이 들어가는 건 시즌 종료 후다. 충분한 데이터가 쌓인 상태기 때문에 정밀한 분석이 가능해지지."

잭이 했던 조언이다.

최성재 역시 같은 이야기를 했었다.

'내년 시즌을 성공적으로 가기 위해선 올해처럼 해서는 안 된다.'

올 시즌 영웅은 루키로서는 완벽한 성적을 냈다. 그러나 그건 상대가 자신을 모르기 때문에 나온 성적이기도 했다. 만약 내년 시즌에도 같은 패턴으로 간다면 위험해질 수 있다. 그렇기에 충분한 준비를 해야 했다.

뻐억-!

경쾌한 소리가 실내 연습장에 울렸다.

저녁이 되면 휴식에 들어간다.

마사지를 받으면서 하루의 피로를 충분히 풀었다.

식사를 끝낸 뒤 영웅은 최성재와 미팅을 가졌다.

최성재가 몇 장의 종이를 꺼냈다. 맨 위에 있는 종이에는 스트라이크존과 함께 붉은색 점이 찍혀 있었다. 우타자 기준으로 존의 바깥쪽에 점이 압도적으로 많았다.

뒤에 있는 종이에는 좌타자 기준으로 되어 있었다. 역시나 바깥쪽으로 들어간 공이 많았다.

"바깥쪽이 압도적으로 많네요."

"예, 페르나와 더그아웃에서 그렇게 사인이 나왔습니다. 경기 도중에는 느끼기 힘들겠지만요."

투수는 공을 던지는 데 정신을 집중한다. 그러다 보니 경기 상황을 세세하게 생각하지 않는다. 한 이닝만 지나도 전 이닝의 상황을 잊는 경우도 많았다.

영웅은 그 정도까진 아니어도 매 투구를 떠올릴 수 없었다.

당연한 일이다. 한 경기에 평균 90개 이상의 공을 던진다. 28경기를 출전했으니 2,500구 이상의 공을 던진 것이다.

그걸 일일이 기억할 순 없었다.

이렇게 데이터를 보니 확연히 바깥쪽 공이 많았다.

"이건 던진 공들의 구종입니다."

최성재가 세 번째 종이를 내밀었다.

"약 67퍼센트가 패스트볼이었습니다. 그중에 포심이 42퍼센트로 가장 많았습니다."

"패스트볼이 압도적이었네요."

"예, 그다음으로 비율이 높았던 구종은 슬라이더입니다. 체인지업과 커브가 그 뒤를 차지했습니다."

비율만 놓고 보면 체인지업과 커브는 거의 던지지 않았다.

"마지막으로 이건 퍼펙트게임을 기록할 때의 코스와 구종들입니다."

마지막 종이를 내밀었다. 그곳에 그려진 코스는 이상적이었다. 어느 한곳에 집중되지 않았다.

구종 역시 마찬가지였다.

패스트볼 41퍼센트.

슬라이더 27퍼센트.

커브 20퍼센트.

체인지업 12퍼센트.

패스트볼이 많긴 했지만 나머지 구종들도 골고루 던졌다.

시즌 전체와 퍼펙트게임을 놓고 봤을 때 차이가 심했다.

"제 생각에는 퍼펙트게임을 달성했을 때 영웅 씨의 피칭이 가장 이상적으로 보입니다."

같은 생각이었다.

"내년 시즌 모든 팀에서 영웅 씨에 대한 분석을 끝낼 겁니다. 28경기 동안 쌓인 데이터를 토대로 머리부터 발끝까지 분석을 할 테니까요."

메이저리그의 전력 분석은 두려울 정도다. 선수 본인조차 모르는 약점과 버릇을 찾아낸다. 그걸 이겨내기 위해서는 부단한 노력을 해야 한다.

"변화구에 조금 더 신경을 써야겠군요."

"예."

"감사합니다."

고쳐야 될 점을 알고 훈련을 하는 것과 모르는 것은 천지 차이다. 그걸 알려준 최성재에게 고마웠다.

"이런 것도 에이전트가 해야 될 일입니다."

마지막까지 영웅의 어깨를 가볍게 해주는 최성재였다.

영웅은 본격적인 근육 키우기에 들어갔다.

스프링캠프가 시작되는 2월까지 정상 컨디션의 80퍼센트까지 끌어올릴 생각이었다.

이후 스프링캠프에서 연습 경기를 치르며 남은 컨디션을 끌어올린다.

그게 영웅의 계획이었다.

12월, 대부분의 시간을 웨이트 트레이닝에 투자했다.

"으랏챠!"

요란한 기합 소리와 함께 박형수가 벤치프레스를 했다.

박형수의 성격은 무척이나 외향적이었다. 덕분에 고된 훈련도 웃으며 할 수 있었다. 나이가 가장 많지만 분위기메이커를 자처했다.

반면 정대성은 내향적 성격이었다. 중학교 시절과는 성격이 전혀 달라져 있었다. 한 번의 실패를 겪어서 그런 거라는 생각이 들었다.

영웅은 두 사람과 함께 점점 훈련의 강도를 높여갔다. 비시즌 기간 올라왔던 살이 빠지고 근육이 점점 모습을 드러냈다. 동시에 체지방을 늘리기 위해 식단도 변경했다.

'체지방은 15퍼센트로 고정한다.'

괌을 오기 전, 최영호 팀장이 식단을 정해주었다. 시기별로 달라지는 식단이었다. 훈련을 하면서 생길 영웅의 신체 변화에 따라 식단에도 변화를 준 것이다. 덕분에 식단을 짜는 데 어려움이 없었다.

음식을 차려주는 건 호텔이었다. 최성재가 추가 요금을 내고 부탁을 한 것이다.

12월 중순이 되면서부터는 피칭 연습에 들어갔다. 실내 연습장에는 간이 마운드가 있었는데 그곳에서 공을 던졌다.

"후우……."

깊게 숨을 뱉은 영웅이 와인드업을 했다. 전력투구는 아니었기에 상체를 비틀지는 않았다.

쐐애애액-!

그렇다 하더라도 공의 회전은 충분했다.

빠르게 날아오는 공에 정대성이 미트를 내밀었다.

뻑-!

"나이스!"

정대성은 안정적으로 공을 잡았다. 첫 연습 피칭을 생각하면 놀라운 발전이었다.

처음에는 공을 제대로 포구하지 못했다. 번번이 놓치면서 영웅의 피칭 템포가 끊기기 일쑤였다.

템포가 끊기면 훈련에 지장이 생긴다. 그렇기에 최성재가 공을 받아주는 일이 많았다. 문제는 최성재 역시 영웅의 공을 받기에는 역부족이란 거였다. 그나마 정대성에 비해 괜찮은 수준일 뿐이었다.

고민이 커지고 있을 때, 정대성은 피나는 노력 끝에 영웅의 공을 받을 수 있었다. 밤늦게까지 피칭 머신을 이용, 포구 연습을 한 것이다. 덕분에 영웅의 피칭 연습은 계획대로 될 수 있었다.

뻐억-!

"이야-! 공 좋다!"

정대성의 말에 영웅이 피식 웃었다.

"후아……. 오늘도 힘들었다."

호텔 로비의 소파에 앉으며 정대성이 말했다.

"그래도 용케 잘 따라온다. 우리 훈련의 강도가 약한 것도 아닌데."

박형수의 말은 사실이었다. 두 사람의 훈련양은 매우 하드했다. 한데도 정대성은 그것을 따라오고 있었다. 처음에는 반나절도 따라오지 못하고 토했으면서 말이다.

"피 같은 돈 써가면서 왔는데 얻어 가는 거라도 있어야죠."

"크크, 그래서 얻은 건 있냐?"

"예!"

정대성이 힘차게 대답했다.

영웅도 그의 말에 귀를 기울였다.

"제가 고딩 때 사고를 당한 거 말씀드렸죠?"

"아아…… 뇌진탕?"

"예."

"그게 무슨 소리야? 뇌진탕이라니?"

영웅은 듣지 못한 일이다.

"주말리그 뛸 때였나? 여하튼 연습하다가 투수의 공을 포구하지 못하면서 얼굴에 그대로 빡! 마스크도 안 쓰고 있어서 이쪽이 아예 함몰됐었다."

"헐……."

공식전이든 연습 경기든 마스크는 반드시 착용해야 한다.

하지만 실제 연습에서는 마스크를 쓰지 않는 경우도 많았다. 번거롭기 때문이다.

썼다 벗었다 하는 일이 번거롭다는 이유 하나로 안전을 버린 것이다. 분명 잘못된 일이지만 현장에서 그걸 지적하는 사람은 많지 않았다.

"덕분에 6개월 동안 병원 신세를 졌지. 한데 더 문제는 퇴원한 뒤였다. 공을 받지 못하겠더라. 공이 날아오는데 엄청 무서운 거야. 그래서 피했다."

'트라우마.'

트라우마란 무서운 것이다. 한번 생긴 트라우마는 극복해 내기 어려웠다.

"말이 되냐? 공을 받지 못하는 야구 선수라니. 아버지가 어떻게든 치료해 주기 위해서 병원을 수소문했어. 정신과도 다녔고 말이지. 하지만 쉽게 낫지 않더라고. 그래도 조금씩 차도가 있었다."

"그래서 트라이아웃을 준비했던 거냐?"

"예, 프로 구단에 취직해서 간간히 불펜 포수로 공을 받았던 것도 그 준비 과정이었어요."

불펜 포수는 선수가 아니다. 구단 직원이다.

구단에는 은퇴한, 혹은 지명받지 못한 선수가 다수 있었다. 비록 실패했지만 야구를 떠나지 못하는 것이다.

정대성 역시 그런 사람들 중 하나였다.

"그리고 이번 훈련을 통해 충분한 자신감을 얻었습니다. 네 덕분이다."

대성이 영웅을 보며 말했다.

"내가 도와준 건 아무것도 없어. 오히려 네가 있어서 내가 도움을 받았지."

"야야, 오글거린다. 그만들 해라. 무슨 친구 놈들끼리 그런 말을 하냐?"

박형수가 말을 끊으며 자리에서 일어났다.

"이제 곧 크리스마스니까 그날은 신나게 놀고 마무리 훈련에 들어가자."

"예!"

어느덧 12월이 끝나가고 있었다.

1월이면 박형수는 스프링캠프에 합류해야 한다. 정대성역시 구단으로 돌아가 업무를 보면서 트라이아웃을 준비해야 했다.

작별의 시간이 다가오고 있었다.

1월 초.

박형수와 정대성이 괌을 떠났다.

"먼저 가서 미안하다."

"일정이 다르니까 어쩔 수 없죠."

"나도 올 시즌 끝나고 메이저리그 갈 거니까. 외로워도 조금만 참아라."

박형수는 올 시즌이 끝나면 FA가 된다. 국내에 남을 거라예상하는 사람은 많지 않았다.

대부분 일본에 갈 거라 예상했다. 하지만 그는 의외로 미국을 선택했다. 공식적인 발표를 한 것은 아니다.

영웅이나 최성재, 정대성 모두 몰랐었다. 그가 크리스마스 파티에서 술에 취해 호기롭게 외치지 않았다면 말이다.

다음 날 자신의 실수를 자책했지만 이미 엎질러진 물이었다.

그는 내년 메이저리그에 도전할 계획이었다.

"기다리고 있겠습니다."

"빅 리그에 오기 위해서는 올 시즌 성적이 좋아야 되는 거 알지?"

"걱정 마십쇼. 한번 뱉은 말은 반드시 지키는 게 저 아닙니까?"

박형수의 말에 최성재가 고개를 끄덕였다.

"그래."

"먼저 간다."

정대성과도 작별 인사를 했다.

게이트를 넘어가는 그들을 보던 영웅이 최성재와 함께 훈련장으로 돌아왔다. 작별을 했지만 그에게는 아직 훈련이 남아 있었다.

'올 시즌을 위해서 변화를 해내야 한다.'

2년 차 징크스를 피하기 위해 영웅은 땀을 흘리며 훈련에 열중했다.

「메이저리그 스프링캠프가 이틀 뒤로 다가왔습니다 올 시즌에도 많은 한국인 선수가 캠프에 참가를 하는데요. 가장 주목을 받는 건 역시 클리블랜드 인디언스의 강영웅 선수입니다. 작년 한국인 최초로 아메리칸리그 신인왕을 차지한 강영웅 선수가 올 시즌 어떤 모습을 보여줄지 많은 이의 이목이 집중되고 있습니다.]

영웅이 TV를 껐다. 고개를 돌리자 한혜선과 강수정이 주방에서 요리를 만들고 있는 게 보였다.

클리블랜드에 새로 얻은 집은 매우 넓었다. 정확히 말하면 가정집이 아니라 호텔이었다. 레지던스 형식으로 되어 있어 가정집이나 마찬가지였다.

가장 좋은 건 시내에 있다는 것이다. 아직 국제 면허가 없는 두 사람에게는 매우 편리했다.

괌에서 훈련을 끝내고 클리블랜드에 들어온 지도 벌써 열흘이 지났다.

이틀 뒤에는 캠프가 시작된다.

오늘 가족들과 마지막 저녁을 보내고 캠프에 합류하기 위해 애리조나로 향해야 했다.

"영웅아! 저녁 다 됐어. 밥 먹자."

"네."

한 달가량 떠나는 아들을 위해 어머니는 만찬을 준비했다. 덕분에 맛있는 냄새가 코를 찔렀다.

부엌에 들어가 자리에 앉자 수많은 한식 요리가 상 위에 펼쳐졌다.

"차리느라 고생하셨겠어요."

"많이 먹고 훈련 잘 받고 몸 조심히 오렴."

"네."

가족이 함께한다는 사실이 좋았다. 심적으로 편안해졌다. 영웅은 어머니가 해주신 따뜻한 음식을 먹으며 또 다른 활력을 얻을 수 있었다.

애리조나 굿이어.

클리블랜드 인디언스의 캠프가 열리는 곳이다.

영웅은 하루 일찍 도착했다.

호텔에 들어서자 구단 직원이 그를 반겼다.

"오, 강! 그동안 잘 지냈어?"

"테이런, 오랜만이야. 나야 잘 지냈지. 올 시즌에도 잘 부탁할게."

"내가 할 말이지! 참, 짐은 내게 주고 오커닐 감독에게 가봐. 512호야."

"감독한테?"

"응, 네가 오면 바로 와달라고 했어."

"어, 알았어. 고마워."

짐을 건넨 영웅이 엘리베이터에 올랐다.

'무슨 일이지?'

캠프장에 오자마자 호출이라니?

드문 일이었다.

엘리베이터에서 내린 영웅이 512호 앞에 섰다.

똑똑—!

"들어와."

문을 열자 넓은 객실이 보였다. 짧은 복도를 지나자 안에서 서류를 보고 있던 오커닐을 발견할 수 있었다. 그 역시 영웅을 보고는 환한 미소를 지었다.

"강! 도착했나?"

"예, 방금 도착했습니다."

"오자마자 미안하군. 급하게 할 이야기가 있어서 말이지. 자, 이쪽에 앉게."

영웅이 자리에 앉자 오커닐이 본론을 꺼냈다.

"다름이 아니라 올 시즌 자네가 1선발을 맡아줘야겠네."

"1선발이요?"

"그래, 자네가 선발진의 기둥이 되어주게."

이상한 일은 아니었다. 작년 시즌 영웅의 성적은 클리블랜드 선발진 중 최고였다. 리그 전체를 비교해도 최상위권이었다. 2년 차라는 점이 걸림돌이 되긴 너무 좋은 성적이었다.

"알겠습니다."

다가온 기회는 놓지 않는다.

그게 영웅의 방식이었다.

"쿨해서 좋군. 개막전도 자네가 선발로 나가니 그렇게 알고 있도록 해."

"예."

개막전 투수.

그건 팀을 대표하는 선수란 뜻이었다.

메이저리그 2년 차. 영웅은 그런 선수가 되어 있었다.

하루가 지나자 익숙한 얼굴들이 보였다.

"강! 휴가 잘 보냈어?"

가장 반가운 건 역시 파트너 페르나였다.

그 뒤를 이어 아담 윌슨도 호텔에 짐을 풀었다.

"몸이 작년보다 더 좋아졌군. 체중을 늘린 건가?"

단번에 영웅의 변화를 캐치했다. 말투는 무뚝뚝했지만 언제나 세심하게 동료들을 살피는 윌슨이었다.

"체중이 변하면 몸의 밸런스도 변한다는 걸 잊지 말도록 해."

약간 츤데레 같은 캐릭터랄까?

오랜만에 만난 동료들의 인사에 영웅도 기분이 좋아졌다.

다음 날.

본격적인 캠프가 시작됐다.

영웅은 아침 일찍 호텔을 나섰다. 그런 그를 맞이하는 사람들이 있었다. 바로 기자들이었다.

"영웅 씨! 이번 캠프에서는 어떤 점을 주로 보완하실 생각인가요?"

"올 시즌 목표는 뭔가요? 사이영 상을 노리고 계신가요?"

여기저기서 질문이 쏟아졌다. 작년과 비슷한 상황이었다

달라진 점은 한국인 기자가 압도적으로 많아졌다는 것이다. 그만큼 한국에서의 기대치가 높아졌다. 매일같이 뉴스에 그의 기사가 나올 정도였다.

괌에서 훈련을 할 때도 기자들이 찾아왔었다.

여기서도 마찬가지였다.

영웅의 일거수일투족은 기자들의 관심거리였다. 그가 공을 던지면 사진을 찍어대고 달려도 사진을 찍어댔다.

관심을 받는 건 좋지만 신경이 쓰였다.

'쩝, 그래도 어쩔 수 없지.'

기자들은 저게 일이다.

자신이 좋아서 따라다니는 사람이 몇이나 있을까?

'이럴 때는 페르나가 부럽다니까.'

영웅의 시선이 페르나에게 향했다. 기자들 앞에서 쇼맨십을 하는 모습이 영락없는 할리우드 스타 같았다.

영웅은 기자들에게서 관심을 끊고 훈련에 열중했다.

캠프의 시간이 흐르면서 불펜에서 공을 던질 수 있게 됐다.

"강, 마음껏 던져도 돼."

투수 코치의 말에 고개를 끄덕였다.

작년 마이너리그에서는 던질 수 있는 공의 숫자도 한정적이었다. 하지만 이제는 아니었다. 그가 원하는 만큼 던질 수 있었다.

첫 연습 투구였기에 무리하지 않았다. 전력 피칭이 아닌 70퍼센트의 힘을 이용해 공을 뿌렸다.

쐐애애액—!

뻐억-!

"90마일!"

투수 코치가 구속을 이야기해 주었다.

영웅은 연달아 20개의 공을 던졌다. 딱히 제구가 되는 느낌은 아니었다. 그저 마음껏 뿌렸다.

뻑-!

펑-!

마지막 공의 구속은 92마일이 찍혔다.

첫 연습 투구치곤 나쁘지 않았다.

'개막전에 맞춰서 구속이 올라오고 있군.'

개막전 선발.

영웅은 그것을 위해 컨디션을 빠르게 끌어올리고 있었다.

인터뷰 요청이 들어왔다.

기자가 아닌 방송국이었다. 스포츠 전문 채널인 D-스포츠에서 온 요청이었다.

스프링 트레이닝을 취재, 편집해서 내보내는 특별 프로그램을 위한 인터뷰를 요청한 것이다.

당연히 수락했다. 긴 시간이 필요한 것도 아니었기 때문이다.

캠프장 한편에 파라솔이 준비됐다. 뜨거운 해를 피하기 위함이다.

그곳으로 영웅이 다가갔다. 의자에 앉아 있던 중년 남자가 일어났다. 그리고 환하게 웃으며 영웅을 맞이했다.

"이번에는 미국에서 만나게 되는군."

"오랜만입니다, 박 위원님."

중년 남자는 박태원 위원이었다. 이번 특별 프로그램의 사회자 중 한 명이 그였다.

"오랜만이에요."

상큼한 목소리가 들려왔다. 또 한 명의 사회자인 유은하 아나운서였다.

"반갑습니다."

가볍게 악수를 나눴다.

"영웅 씨, 프로그램을 맡게 된 이대수 PD입니다. 출연해 주셔서 감사합니다."

"아닙니다."

"훈련 시간도 부족하실 테니 바로 시작할게요."

"예."

마이크를 착용하고 영웅이 자리에 앉았다.

"큐!"

영웅이 마운드에 섰다.

안전망 너머로 카메라가 자리를 잡았다.

원래는 계획에 없었던 일이다. 촬영을 하는 걸 보고는 레이널드 단장이 먼저 제안을 했다. 방송국에선 마다할 이유가 없었다. 덕분에 영웅은 사람들이 보는 앞에서 공을 던지게 됐다.

"후우……."

깊게 숨을 뱉은 영웅이 다리를 차올렸다.

쐐애애애액-!

뻐억-!

빠르게 날아간 공이 미트에 꽂혔다.

"소리가 굉장하네요."

유은하가 말했다.

"공이 그만큼 무겁다는 뜻이지. 포수도 잘 받았고 말이야."

박태원의 설명에 고개를 끄덕였다.

"그런데 상체를 비틀지는 않네요?"

"연습이니까 전력으로 던질 필요는 없어. 영웅이 뭔가를 보여줘야 될 선수도 아니고 말이야."

"아하-!"

유은하가 야구 아나운서를 하기 시작한 건 작년부터다. 그렇기에 아직 모르는 게 많았다.

뻐억-!

펑-!

영웅의 공이 연달아 미트에 꽂혔다.

박태원의 눈이 빛났다.

'연습 투구지만 변화구의 비중이 높군.'

2년 차 징크스를 대비하는 느낌이었다.

'좋은 스승이 곁에 있나 보군.'

제자리에 머물지 않는 영웅의 모습에 박태원이 미소를 지었다.

영웅은 더더욱 훈련에 열을 올렸다.

시범 경기가 이제 코앞으로 다가왔다.

작년 클리블랜드 시범 경기는 한국에 중계되지 않았다. 하지만 올해는 달랐다. 중계권을 사기 위한 방송국들의 경쟁이 과열됐었다.

승자는 D-스포츠였다.

시범 경기가 열리는 날.

아침 일찍부터 사람들이 TV와 컴퓨터 그리고 스마트폰을 이용해 D-스포츠에 접속했다.

[지금부터 클리블랜드 인디언스 대 LA 다저스의 시범 경기를 보내드리도록 하겠습니다.]

중계 화면이 마운드를 비췄다.

[클리블랜드의 선발 투수는 작년 한국인으로는 최초로 아메리칸리그 신인왕을 획득한 강영웅 선수가 올라왔습니다.]

[작년 이룬 기록이 정말 대단합니다. 아시아인 루키 시즌 최다 승리도 경신했고 루키 시즌 최다 탈삼진도 경신했습니다. 미국의 한 기자는 강영웅 선수를 언터쳐블이란 단어로 표현할 정도로 뛰어난 활약을 펼쳤습니다.]

[그런 활약 덕분인지 클리블랜드에서의 인기가 정말 대단하죠?]

[작년 올스타 이후 팀 내 유니폼 판매량이 1위로 올랐습니다.]

영웅이 연습 투구를 시작했다. 가볍게 공을 뿌리지만 화면 하단의 구속은 90마일이 넘어갔다.

연습 투구가 끝나고 타자가 타석으로 들어왔다.

"플레이볼!"

[경기 시작합니다.]

페르나의 손가락이 빠르게 움직였다. 고개를 끄덕인 영웅이 투구 자세로 들어갔다. 다리를 차올리고 상체를 비틀었다.

[여전히 와일드한 투구 폼입니다.]

[미국 언론들도 저 투구 폼에 많은 주목을 했었습니다. 그만큼 특이하다는 거죠.]

[상체의 비틀림을 풀면서 초구 던집니다!]

쐐애애액-!

포물선을 그린 공이 그대로 존을 통과했다. 타자는 반응하지 못했다.

"스트라이크!!"

[초구부터 변화구로 카운트를 잡습니다. 예상하지 못한 듯 타자는 반응을 하지 못하네요.]

[파워 피처이기 때문에 초구는 패스트볼을 생각하고 나왔을 겁니다.]

[허를 찌르는 공격인가요?]

[그렇다고 볼 수 있습니다.]

[멋지게 스트라이크를 잡은 강영웅 선수, 2구 던집니다.]

뻐억-!

"스트라이크! 투!"

[배트 헛돕니다!]

[70마일 대의 커브를 보여줬다가 96마일의 빠른 공을 던지니 제대로 된 타이밍을 맞추기란 불가능하죠.]

[쉴 틈을 주지 않고 강영웅 선수 3구 던집니다.]

딱-!

"파울!"

[겨우 배트 끝에 공을 맞힙니다. 슬라이더가 잘 들어갔는데 아쉽네요.]

[공 하나만 더 빠지게 던질 수 있다면 더 좋을 텐데요.]

영웅이 와인드업을 했다. 그리고 공을 뿌렸다.

쐐애애액-!

방금 전과 같은 코스였다.

'실투!'

타자는 실투라 판단했다. 두 개의 공이 같은 코스로 들어오니 말이다.

이번에도 슬라이더였다.

'이상한데?'

하지만 멈출 순 없었다. 이미 배트는 1/3이 돌고 있었다.

'이제 와서 멈출 순 없어!'

타자가 더욱 스윙에 힘을 주었다. 배트와 공의 궤적이 하나가 되려는 순간, 공이 한 번 더 꺾이더니 배트의 끝에서 도망쳤다.

뻐억-!

미트에 공이 들어갔다.

후웅―!

뒤이어 배트가 허공을 돌았다.

"스트라이크! 아웃!"

[멋진 슬라이더입니다!]

타자가 허탈한 표정으로 미트에 꽂힌 공을 바라봤다.

'분명 한 번 더 휘었다…….'

무언가에 홀린 기분이었다.

'제대로 들어갔어.'

반면 영웅은 자신의 공에 만족하고 있었다.

마지막에 던진 두 개의 공은 실전에서 던지는 건 처음이었다.

특별한 공은 아니었다. 둘 모두 슬라이더였다. 단지 다른 점이 있다면 꺾이는 각도였다.

첫 번째 던진 공은 바깥으로 흘러나가는 변화가 적었다. 변화만 놓고 보면 컷 패스트볼과 비슷했다.

두 번째 던진 공은 반대로 변화가 컸다. 통상적인 슬라이더보다도 공 반개가 더 흘러나가는 공이었다.

하지만 속도는 비슷하다. 그렇기에 타자는 같은 슬라이더로 착각을 한다.

이런 변화를 일으킬 수 있는 건 영웅의 뛰어난 손가락 감각 덕분이었다.

어린 시절, 꿈의 그라운드에서 배웠던 감각 연습.

영웅은 프로가 된 이후에도 하루도 쉬지 않고 그 연습을 해 왔다. 덕분에 일반 선수들보다 더 뛰어난 손끝 감각을 보유하고 있었다. 그렇기에 이런 세심한 변화를 일으킬 수 있었다

2년 차 징크스를 이겨 나갈 무기.
영웅은 그것을 손끝의 감각으로 정했다.

시범 경기에 영웅은 두 번을 등판했다.
첫 번째는 3이닝 무실점 2피안타 4탈삼진을 잡아냈다.
두 번째는 6이닝 무실점 5피안타 4탈삼진을 기록했다.
성적이 나오자 한국 언론들이 기사를 쏟아냈다.

[강영웅, 2년 차 징크스의 시작?]
[탈삼진이 줄어든 강영웅 분석 완료?]
[구속은 그대로, 하지만 탈삼진은 줄었다.]

기사가 모두 부정적이었다. 댓글들 역시 영웅의 2년 차 시즌을 걱정하는 내용이 많았다. 하지만 미국의 반응은 달랐다. 몇몇 클리블랜드 출입 기자들이 우려를 나타내기도 했다.
국내 언론들은 그 기사를 인용했고 말이다. 그러나 많은 기자가 영웅의 탈삼진 감소의 이유를 다른 곳에서 찾았다.

[영웅 강은 현재 실험을 하고 있다. 그렇기에 오커닐 감독이나 클리블랜드 스태프들 역시 침착한 분위기였다.]

실제로 클리블랜드는 큰 걱정을 하지 않았다.

시범 경기가 끝나가는 시점이 되자 올 시즌 클리블랜드를 이끌 선발진이 점점 윤곽을 드러냈다.

가장 큰 변화는 선발진의 교체였다.

1선발은 강영웅이 책임졌다.

2선발은 작년 1선발을 맡았던 맥코이 밀러가 맡았다.

3선발에는 작년 꾸준히 로테이션을 지켰던 짐 놀란이 확정됐다. 한때의 부진을 이겨내고 작년 시즌 8승 7패 평균 자책점 5.10을 마크했다. 베테랑 투수로 트리플 A와 메이저리그를 오가면서 빅 리그 통산 72승 81패 32홀드 11세이브를 기록했다.

4선발과 5선발은 여전히 유동적이었다.

작년 팀의 2선발을 책임졌던 아담 윌슨은 불펜으로 보직이 변경됐다. 불펜에서도 아직 보직이 확정되진 않았다.

작년 28세이브를 올린 데런은 샌프란시스코로 트레이드가 됐다.

즉, 불펜 쪽도 유동성이 많다는 뜻이었다.

수비 포지션은 작년과 같았다. 페르나의 트레이드 이야기가 있었지만 결국에는 무산됐다. 영웅에게는 다행스러운 일이었다.

스프링 트레이닝이 끝난 영웅은 집으로 돌아왔다.

예전에는 문을 열면 한기가 느껴졌다. 하지만 이제는 아니었다.

"왔어?!"

"고생했지? 어서 들어와라. 밥부터 먹자."

누나와 엄마가 그를 반겼다. 집 안에서는 따뜻한 온기가 느껴졌다. 주방에서는 맛있는 냄새가 솔솔 풍겨져 왔다.

"예."

영웅은 웃으며 짐을 내려놓았다.

그 어느 때보다 편안한 마음으로 정규 시즌을 기다릴 수 있었다.

메이저리그의 정규 시즌이 시작됐다.

프로그레시브 필드에도 수많은 사람이 찾았다.

개막전이니만큼 모든 자리가 매진이었다. 구장의 매점에는 사람이 넘쳤고 물품을 파는 상점에도 사람들로 발 디딜 틈이 없었다.

관중이 가장 많이 찾는 물건은 단연 영웅의 유니폼이었다. 올해는 카드도 출시가 됐다. 고작 1년 만에 영웅은 클리블랜드 최고 스타의 반열에 올랐다.

그건 한국에서도 마찬가지였다.

개막전에 한국인 메이저리거가 선발로 출전한 경기는 총 6경기였다. 모든 경기가 한국에 중계됐다. 그중에서 가장 많은 시청자를 기록하고 있는 건 단연 클리블랜드 경기였다.

시청자의 숫자가 30만 명이었다. 경기 시작 전임을 감안했을 때 매우 높은 수치였다. 높은 기대를 받고 있는 영웅은 클럽하우스에서 마지막 정비를 하고 있었다. 가볍게 스트레칭을 하며 몸에 이상이 없는지 체크했다.

'후우…… 약간 긴장되는데.'

개막전 선발 투수.

팀의 얼굴이란 뜻이다. 작년보다 더 긴장되는 게 자연스러웠다.

'정신 집중…… 정신 집중.'

스트레칭을 멈추고 의자에 앉았다. 눈을 감고 명상에 잠겼다.

잠깐의 명상이었지만 효과는 좋았다. 흥분이 가라앉고 긴장감이 약간이나마 해소됐다.

까똑!

그때 스마트폰이 울렸다.

[오빠! 개막전 힘내세요!!]

메시지를 보낸 건 예린이었다. 움직이는 이모티콘도 함께였다. 귀여운 고양이 캐릭터가 두 주먹을 불끈 쥐며 파이팅이란 글자가 새겨졌다.

까똑!

뒤이어 또 하나의 메시지가 도착했다.

이번에는 사진이었다. 두 주먹을 불끈 쥐는 자신의 사진을 보낸 것이다.

"오-! 예쁜데!"

언제 다가왔는지 페르나가 말했다.

"응? 누가 예뻐?"

옆에 있던 1루수이자 5번 타자인 마커스 알론조가 물었다.

"어? 나 이 여자 알아. 한국 가수지?"

아직 젊은 유격수 조 파렐이 말했다.

"가수였어?"

"이야—! 이 얼굴에 노래까지 잘하는 거야?"

"한국 갔을 때 사귀었구나?"

동료들이 한마디씩 덧붙였다. 점점 이야기가 부풀려졌다.

"사귀는 거 아니야. 친구야! 그냥 친구!"

"에이~ 그냥 친구였어?"

"시시하네."

친구라고 하니 믿어주는 동료들의 모습에 한숨을 내쉬었다.

"에휴…… 어라?"

어느새 긴장감이 사라졌다. 한바탕 소란을 겪어서 그런 듯했다.

영웅은 스마트폰을 보다 가볍게 감사 인사를 전했다. 어찌 됐건 소란의 시발점은 예린이었으니 말이다.

[고마워. 힘낼게!]

"자자! 슬슬 나가자!"

"오케이!"

영웅도 스마트폰을 가방에 던져 두고 글러브를 챙겼다.

경기 시작이었다.

2장
개막전

사전 행사가 끝났다.

관중들이 자리에 앉고 선수들도 더그아웃으로 돌아갔다.

영웅이 마운드에서 연습 투구를 시작했다. 수비들도 제각각 송구를 하며 몸을 달궜다.

[연습 투구가 끝나고 드디어 경기가 시작됩니다. 타석에는 토론토의 1번 타자인 제이크 스미스 선수가 들어섭니다.]

[작년 시즌 3할 7리의 타율을 기록한 스미스 선수는 선구안이 무척 좋은 선수입니다. 출루율이 그것을 증명합니다. 작년 시즌 3할 8푼 2리로 메이저리그 전체 4위에 올랐습니다.]

[시즌 첫 타자로 쉽지 않은 상대를 만났네요.]

영웅이 와인드업을 했다.

[초구, 던집니다.]

상체를 비튼 상태에서 공을 뿌렸다.

공이 빠르게 날아와 스미스의 몸 쪽을 날카롭게 찔렀다.

뻐억-!

"볼!"

[좋은 코스에 들어갔는데 볼이 선언됩니다.]

[아쉽습니다. 공 반개 정도 빠진 것으로 보입니다.]

[구속은 95마일로 작년 시즌 평균보다 1마일 정도 낮습니다. 2구!]

뻐억-!

"스트라이크!"

[2구는 스트라이크가 됩니다. 몸 쪽으로 다시 한번 공을 꽂아 넣었고 이번에는 스트라이크를 받아냅니다.]

[아까 전에 말씀드렸죠? 공 반개가 부족하다고 했는데 이번에 정확하게 반개만큼 가운데로 던졌습니다. 하지만 타자의 눈에는 방금 전과 같은 코스로 느껴졌을 겁니다.]

[칼 같은 제구력이라고 할 수 있겠네요. 3구…….]

픽-!

"볼!"

[떨어지는 변화구에 배트 돌지 않습니다.]

[종 슬라이더로 보이는데요. 타자의 배트를 이끌어 내기엔 너무 일찍 떨어졌어요.]

[4구 던집니다.]

딱-!

[높게 떠오른 타구, 1루수 파울 라인 밖에서 위치 잡습니다. 한참을 기다려서 그대로 공을 잡습니다. 원 아웃.]

[이번에는 서클체인지업으로 보이는데요. 그립을 보니 맞습니다.]

[4구 만에 첫 타자를 1루 뜬공으로 잡아낸 강영웅 선수, 좋은 스타트입니다.]

[4회 말, 아직 점수를 내지 못한 클리블랜드와 토론토의 타선입니다.]

[개막전이니만큼 양 팀 투수가 모두 에이스란 말이죠. 그러다 보니 타선이 공략하는 데 애를 먹고 있습니다.]

[클리블랜드 타선이 점수를 내주면 좋겠습니다. 이번 공격 선두 타자는 3번 페르나 선수부터 시작됩니다.]

[1회 병살타를 기록했던 페르나 선수인데요. 이번 타석에서……]

딱-!

[초구부터 때린 타구가 높게 떠오릅니다! 멀리 갑니다! 우익수 따라가다 멈춥니다! 타구는 담장을 넘어갑니다! 페르나의 올 시즌 첫 번째 홈런이자 구단의 21시즌 첫 번째 홈런을 기록합니다!]

[멋진 스윙입니다. 초구에 패스트볼을 노리지 않았다면 나올 수 없던 스윙이에요.]

[더그아웃으로 돌아온 페르나 선수를 동료들이 맞이합니다. 강영웅 선수도 하이파이브를 히며 피드니의 첫 번째 홈

런을 진심으로 기뻐해 줍니다.]

　[7회 초, 강영웅 선수가 다시 한번 마운드에 올라옵니다.]

　[아마 이번 이닝이 마지막 이닝이 되지 않을까 싶습니다.]

　[투구 수는 91개를 기록 중입니다.]

　뻑-!

　"스트라이크!"

　[초구, 95마일 빠른 공이 바깥쪽 낮은 코스를 관통합니다.]

　[오늘 경기 최고 구속은 97마일까지 찍혔습니다. 90구가
넘어가니 구속도 조금 떨어졌습니다.]

　딱-!

　[2구, 때립니다. 평범한 그라운드 볼을 유격수 잡아 1루에
송구, 원 아웃이 됩니다.]

　[몸 쪽에서 가운데로 들어가는 슬라이더였습니다. 타자 입
장에서는 데드볼을 염려해야 했기에 균형이 무너진 상태에
서 어정쩡하게 배트가 나왔네요.]

　[오늘 탈삼진보다는 그라운드 볼이 유독 많네요.]

　[변화구 위주의 피칭을 해서 그렇습니다. 오늘 경기 93개의
공들 중 포심 패스트볼은 41개이고 변화구가 52개입니다.]

　[확실히 패스트볼보다 변화구의 숫자가 더 많군요.]

　딱-!

　"파울!"

　[1구 파울이 됩니다. 어째서 패스트볼의 비중을 줄였을까요?]

　[여러 이유로 해석할 수 있습니다만 제 생각에는 상대 팀
들의 전력 분석을 염두에 두는 게 아닌가 싶습니다.]

뻑-!

"스트라이크!"

[2구, 94마일의 빠른 공이 존을 통과합니다. 전력 분석이요?]

[예, 1년 차에 충분한 데이터가 쌓였기 때문에 비시즌 기간 동안 상대 팀들은 강영웅 선수에 대한 전력 분석을 끝냈을 겁니다.]

[공략법을 만들어냈을 것이다?]

[그렇습니다. 1년 차에…….]

퍽-!

"볼!"

[3구, 하이 패스트볼에 타자의 배트가 나오지 않습니다.]

[1년 차에 활약한 선수들이 2년 차 징크스를 겪는 이유 중 하나입니다. 아마도 강영웅 선수는 그것을 피하기 위해 변화구라는 답을 생각해 낸 것으로 보입니다.]

뻑-!

"스트라이크! 아웃!"

[4구, 95마일 빠른 공으로 아웃 카운트를 잡아냅니다. 오늘 경기 6번째 탈삼진!]

영웅이 몸을 돌려 로진을 손에 묻혔다.

[그러면 그게 정답이 될 수 있는 건가요?]

[그건 아무도 알 수 없습니다. 시즌이 끝나 봐야 답이 나올 겁니다. 한 가지 확실한 건 강영웅 선수가 생각해 낸 정답은 상대 팀 역시 염두에 두고 있었을 겁니다.]

딱-!

[1구부터 배트를 돌렸지만 타구가 높게 뜹니다. 중견수 앞으로 걸어 나오며 타구를 잡습니다. 쓰리 아웃! 7회도 무실점으로 막아낸 강영웅 선수, 마운드를 내려갑니다.]

"나이스!"

"잘했어!"

동료들의 환대를 받으며 영웅이 더그아웃에 돌아왔다.

그에게 투수 코치 존슨이 다가왔다.

"나와 감독은 여기까지면 충분하다고 생각하는데. 자네 생각은 어떤가?"

작년에는 스태프들이 교체 시기를 잡았다. 그리고 통보했다. 하지만 올해는 달랐다.

영웅은 작게 고개를 끄덕였다. 동의한다는 뜻이었다.

"좋아, 그럼 푹 쉬면서 동료들이 경기를 끝내는 걸 지켜보자고."

오늘 임무는 끝났다. 그러나 승부는 아직 이어지고 있었다.

영웅의 시선이 그라운드로 향했다.

"아이싱 끝났어."

"고마워."

아이싱이 끝나자 어느새 7회 말이 끝났다.

8회 초, 마운드에 오른 건 아담 윌슨이었다.

[윌슨 선수가 마운드에 오릅니다. 작년 시즌 팀의 2선발로 시작을 했었지만 올 시즌에는 불펜에서 개막전을 맞이하게 됐습니다.]

[나이가 들면서 윌슨 선수는 긴 이닝을 던질 수 없게 됐습

니다. 작년에도 올스타전 이후로 체력의 저하를 나타냈습니다. 하지만 구속은 살아 있었기에 팀에서는 그를 불펜으로 보직을 변경했습니다.]

[올 시즌 시범 경기에 4번 나와 총 4이닝을 던졌습니다. 평균 자책점은 2.25를 기록했지만 실점은 단 한 개에 불과했습니다.]

뻐억-!

"스트라이크!"

[초구, 97마일의 빠른 공이 미트에 꽂힙니다.]

[이거 놀랍습니다. 작년 시즌 평균 구속이 93마일이었는데요.]

[불펜이라서 그런 걸까요?]

후웅-!

뻑-!

"스트라이크! 투!"

[2구 역시 96마일이 찍힙니다. 굉장한 스피드로 타자를 압도하는 윌슨 선수!]

[한국 나이로 34살이니만큼 아직 힘은 있을 테지만 이 정도의 구속 상승을 이루다니. 정말 놀랍습니다.]

뻐억!

"스트라이크! 아웃!"

[삼구삼진입니다. 시원하게 삼진을 잡아내는 윌슨 선수!]

윌슨의 호투는 계속됐다.

두 번째, 세 번째 타자마저 삼진으로 돌려세웠다.

'잘 던지는군.'

오커닐 감독의 눈이 빛났다. 윌슨의 투구가 예상보다 뛰어났다.

'불펜으로 돌렸던 게 정답이었어.'

자신의 선택이 맞았던 것에 오커닐 감독은 미소를 지었다.

9회 초.

윌슨이 다시 한번 마운드에 올랐다. 1점 차 승부에 올릴 투수가 없었다. 그리고 윌슨은 오커닐 감독의 기대를 충분히 충족시켰다.

딱-!

[내야에 높이 뜬 타구, 2루수 콜을 외치고 안정적으로 공을 잡습니다. 원 아웃!]

뻐억-!

"스트라이크! 아웃!"

[4구 만에 타자를 삼진으로 돌려세웁니다! 투 아웃!]

딱-!

[평범한 내야 땅볼, 3루수 잡아 1루에 송구.]

퍽-!

[아웃입니다! 개막전 승리를 올리는 클리블랜드 인디언스! 그리고 강영웅 선수가 시즌 첫 승을 기록합니다!!]

7이닝 무실점 3피안타 원 볼넷 6탈삼진.

영웅의 21시즌 첫 번째 기록이었다.

다음 날.

정오가 지난 뒤에야 영웅이 방을 나왔다.

"오, 일어났어?"

거실 바닥에 앉아 공부를 하고 있던 수정이 검은 뿔테 안경을 올리며 그를 반겼다.

"공부?"

"응. 이야–! 오랜만에 공부하려니 정말 어렵네. 학교 다닐 때는 이걸 어떻게 했는지 모르겠어."

냉장고에서 우유를 꺼내 마신 영웅이 소파로 갔다. 그러고는 테이블에 널브러져 있는 책들 중 하나를 들었다.

"뭐야? 외계어야?"

"외계어는 무슨, 법률 용어다."

수정의 꿈은 변호사다. 그것을 위해 매일 밤늦게까지 공부를 하고 있었다.

"근데 너 오늘은 안 나가?"

"휴식이야, 휴식."

"등판을 하지 않더라도 연습은 매일 하는 거 아니었어?"

"시즌 중에는 달라. 5일 로테이션을 지켜야 되기 때문에 충분한 휴식을 해줘야 하거든."

"그래?"

"응, 선수마다 휴식 방법은 다르지만 대부분 등판 다음 날에는 푹 쉬지,"

그러면서 소파에 누웠다.

"백수가 따로 없네."

"나처럼 돈 버는 백수도 있나?"

"으이그!"

할 말이 없어지니 무력행사가 이어졌다.

하지만 그것도 잠시.

"참, 마사지 받으러 갈 건데. 같이 갈래?"

"마사지?"

"응, 작년부터 이용하던 곳인데 등판 다음 날에는 꼭 가거든. 거기서 피부 관리도 해주더라고."

"피부 관리!"

수정도 여자였다. 피부 관리라는 말에 눈이 번뜩였다.

"간다는 뜻으로 알게."

"당연하지!"

"엄마도 모시고 가자."

"마트 가셨으니까 금방 오실 거야."

고개를 끄덕인 영웅이 스마트폰을 꺼냈다. 그러고는 마사지 숍에 전화를 걸어 두 사람을 더 예약했다.

마사지를 받고 집에 돌아왔다.

"마사지 최고!"

집에 돌아온 누나가 외친 말이다. 엄마도 작게 웃는 모습이 꽤나 만족하신 모양이다.

"아, 야구 하겠네."

벽시계를 본 영웅이 소파에 앉았다. TV를 틀고 곧 클리블랜드 야구 중계를 하는 채널에 맞췄다.

"쉬는 날에도 야구는 보는 거야?"

"팀의 흐름은 알고 있어야 되니까."

"그렇구나."

수정이 고개를 끄덕이고는 방으로 들어갔다. 자신의 공부를 위해서다.

영웅은 조용한 거실에 앉아 야구 중계에 집중했다.

"과일 좀 먹으면서 보렴."

"응."

한혜선이 가져온 접시에는 과일이 예쁘게 담겨 있었다.

영웅은 경기에 집중하는 간간이 과일을 집어 먹었다.

다음 날.

영웅은 구장으로 향했다. 스트레칭과 가벼운 근력 운동으로 굳은 몸을 풀었다.

3일째에는 팀 훈련에 참가했다. 캐치볼까지 하면서 어깨의 상태를 확인했다.

몸의 상태는 좋았다. 제대로 회복이 되고 있었다. 러닝을 하는 데에도 무리가 없었다.

4일째.

영웅은 집을 나서면서 작은 캐리어를 챙겼다.

"오늘 가면 4일 뒤에나 오는 거야?"

"이번에는 원정 경기가 이어서 있어요. 8일 뒤에나 올 거예요."

"어휴, 뭐가 그리 기니? 밥은 잘 챙겨 먹으렴."

"예."

"잘 다녀와!"

한혜선과 수정의 배웅을 받으며 집을 나섰다.

택시에 오른 영웅은 구장으로 향했다.

'1승 3패라…….'

클리블랜드는 개막전 승리 이후 내리 3패를 했다.

이유는 한 가지였다.

타선의 부진.

3경기 동안 고작 3점을 냈다. 1경기당 1점을 낸 것이다.

투수가 2점만 주더라도 결국 경기는 진다.

'올해는 어떻게 흘러가려나.'

의자에 몸을 기대며 생각을 접었다.

'내 성적이나 더 신경 써야지.'

메이저리그 2년 차에 불과한 영웅이다. 당장은 자신의 성적에 더 신경을 써야 될 때였다.

또다시 졌다.

클리블랜드는 1승 4패의 성적으로 홈인 프로그레시브 필드를 떠나야 했다.

비행기에 오른 팀의 분위기는 썩 좋지 않았다.

포커판은 벌어지지 않았고 술을 마시는 선수도 없었다.

짝을 이루어 이야기를 나누는 이들은 있었지만 삼삼오오 모인 이들은 없었다.

야구팀은 매우 단순하다.

성적이 좋을 때는 어떤 클럽보다 신나는 곳이 클럽하우스이고 기내 안이었다.

하지만 반대의 경우는 초상집도 이런 초상집이 없었다.

"어깨가 무겁겠다?"

옆에 앉아 있던 페르나가 말했다. 그 말뜻을 이해한 영웅이 그의 어깨를 툭 쳤다.

"네가 한 방 날려주면 그 무거운 어깨가 좀 가벼워지겠는데?"

"에휴, 나도 치고 싶다."

그러면서 안대를 착용하며 의자를 눕혔다.

개막전에서 홈런을 때려낸 페르나.

하지만 이후 4경기에서 단타 2개만을 때려내며 슬럼프에 빠져 있었다.

시즌 초반임을 감안했을 때 걱정할 이유는 없었다. 그러나 선수 본인의 기분이 침체되는 건 어쩔 수 없었다.

'나도 잠이나 자자.'

내일 컨디션을 위해 영웅도 잠에 들었다.

[연패에 빠진 인디언스를 구하기 위해 에이스 강영웅 선수가 마운드에 오릅니다.]

적지에서 마운드에 오르는 건 색다른 기분이다.

프로그레시브 필드의 압도적인 응원과 달리 야유와 함성이 공존했다.

영웅은 이런 분위기를 좋아했다.

'야유를 조용하게 만든다. 이 얼마나 멋진 일이야?'

해보지 않은 사람은 모른다. 자신에게 야유를 쏟아내는 사람들의 입을 다물게 만들 때의 희열을 말이다.

연습 투구를 끝낸 영웅이 몸을 돌렸다. 로진을 묻히기 위해 걸어갔다. 그사이 타자가 타석에 들어섰다.

툭툭-!

손끝으로 가볍게 로진백을 만졌다. 다시 걸어와 피처 플레이트를 밟고 상체를 숙였다.

페르나의 사인이 나왔다.

"후우-!"

깊게 한숨을 내쉰 영웅이 와인드업과 함께 공을 뿌렸다.

쐐애애애액-!

타자가 시동을 걸었다.

후웅-!

배트가 허공을 갈랐다. 공과의 궤적이 맞지 않았다.

뻑-!

"스트라이크!"

공이 미트에 꽂히면서 구심의 손이 올라갔다.

영웅은 타자가 생각할 틈을 주지 않았다. 타자가 타석에 들어서자 페르나의 사인을 보고 바로 고개를 끄덕였다.

2년 차인 영웅보단 페르나의 경험이 더 많다. 또한 더그아웃에서 나오는 사인과 데이터도 종합한다. 그의 리드에 고개를 저을 이유가 없었다.

영웅이 2구와 3구를 연달아 뿌렸다.

펵ㅡ!

"볼!"

바깥쪽에서 다시 한번 바깥으로 휘는 컷 패스트볼이었다. 타자의 배트는 나오지 않았다. 너무 일찍 꺾인 탓이다.

펵ㅡ!

"스트라이크!"

이번에는 바깥쪽에서 떨어지는 슬라이더로 카운터를 잡았다.

타자는 신중한 성향이었다.

'배트를 짧게 쥐었다.'

타석에서의 위치 역시 바뀌었다. 조금 더 홈 플레이트 쪽으로 붙었다. 바깥쪽 공을 노리는 모양새다.

'바깥쪽, 슬라이더.'

2구와 비슷한 사인이 나왔다. 다른 건 구종이었다.

2구는 커터였다. 하지만 이번에는 슬라이더.

투 스트라이크인 상황에서 비슷한 공에는 배트가 나온다. ⌐

러니 조금 더 휘는 슬라이더로 헛스윙을 유도할 생각이었다.

그 작전에 동의했다.

영웅이 와인드업을 했다. 팔이 허공을 갈랐다. 정확한 릴리스 포인트에서 공을 챘다.

쐐애애액-!

빠르게 날아오는 공에 타자의 발이 홈 플레이트 쪽으로 내디뎌졌다.

후웅-!

배트가 허공을 갈랐다. 그 순간 공이 변화를 일으키며 바깥으로 도망쳤다.

'멀다!'

칠 수 없다는 걸 깨달은 타자의 대처는 빨랐다. 한 손을 놓으면서 엉덩이를 뒤로 쭉 뺐다. 그러면서 상체를 더욱 숙였다.

딱-!

"파울!"

아슬아슬하게 배트에 공이 닿았다.

'바깥쪽을 노리고 있었구나.'

그렇지 않았다면 저 공에 배트를 맞힐 수 없었을 거다.

'첫 번째 경기와 마찬가지로 타자들이 바깥쪽을 노리고 있다.'

노골적으로 바깥쪽을 치려 하고 있었다.

영웅이 로진을 손끝에 묻히고 다시 섰다. 그리고 직접 사인을 냈다.

'몸 쪽 패스트볼.'

페르나의 시선이 더그아웃으로 향했다. 오커닐 감독이 고개를 끄덕였다.

허락이 떨어지자 페르나가 다시 사인을 냈다.

'원하는 곳에 던져.'

영웅이 상체를 세웠다.

"후우–!"

숨을 크게 뱉으며 마음을 진정시켰다.

정신을 집중하자 주변의 소음이 점점 잦아들었다.

'간다.'

다리를 차올렸다. 뒤이어 상체를 비틀었다. 비튼 상체를 풀면서 있는 힘껏 다리를 내디뎠다.

휘릭–!

허리를 돌리면서 그의 팔이 허공을 갈랐다. 시선은 정확히 페르나의 몸통을 향해 있었다.

쐐애애액–!

릴리스 포인트에서 공을 뿌렸다. 빠르게 날아간 공이 타자의 몸 쪽을 정확히 찔렀다.

타자가 엉덩이를 뒤로 뺐다. 배트는 당연히 내밀지 못했다.

퍽–!

공이 미트에 꽂혔다.

타자는 다음 타격을 위해 타석에서 슬쩍 물러났다. 볼이라 판단한 것이다.

하지만 구심의 판정은 달랐다.

"스트라이크!! 아웃!"

"뭐?"

타자가 황당한 반응을 보였다. 그러나 항의는 거기까지였다. 스트라이크존은 구심의 고유 권한이다. 함부로 항의했다가는 퇴장이다. 그게 아니더라도 구심에게 밉보여 좋을 게 없었다.

"제길……."

결국 물러설 수밖에 없었다.

그사이 중계 화면에선 방금 전 투구를 리플레이하고 있었다. 공이 날아오는 궤적이 그래픽으로 바뀌어 표시되었다.

[존을 통과했네요. 타자가 홈 플레이트 쪽으로 가깝게 자리를 잡고 있었기 때문에 때리지 못한 거예요.]

[원래 위치에 있었다면 때릴 수 있었겠군요?]

[아마 파울은 만들 수 있었겠죠.]

[개막전에서도 그렇고 강영웅 선수가 몸 쪽 공략이 많아졌습니다.]

[메이저리그의 스트라이크존이 바깥쪽이 후하다고는 해도 몸 쪽 공략도 잘해야 합니다. 그래야지만 타자들을 공략할 수 있습니다. 방금 전만 놓고 보더라도 바깥쪽 코스를 노리고 있던 타자의 허를 찌르지 않았습니까? 옳은 결정이라고 보입니다.]

영웅은 계속해서 공을 던졌다.

바깥쪽, 몸 쪽, 패스트볼, 브레이킹볼.

자유자재로 뿌렸다.

그 결과 화이트삭스의 타선을 7회까지 단 2안타로 막아냈다. 실점은 없었다. 퀄리트 스타트 플러스를 두 경기 연속 기록했다.

"후우……."

더그아웃에 앉은 영웅이 깊은 숨을 몰아쉬었다.

7회까지 양 팀의 득점은 제로였다.

클리블랜드는 안타를 5개나 뽑아냈다.

하지만 점수로 이어지지 않았다. 산발성으로 끝났기 때문이다.

'아직 투구 수에 여유가 있다.'

오커닐 감독이 영웅의 투구 수를 확인했다.

90개의 공을 던졌다. 잘하면 한 이닝을 더 막아낼 수도 있었다. 무엇보다 팀 내에서 영웅보다 믿음직스러운 투수는 없었다.

특히 불펜에서 셋업맨은 아직까지 정해지지 않았다.

'8회에 점수가 난다면…….'

클리블랜드는 원정이었다.

당연히 초 공격이었다. 만약 여기서 점수가 난다면 영웅을 한 번 더 올린다. 오커닐은 그렇게 마음을 먹고 영웅에게 다가갔다.

"강, 한 이닝 더 던질 수 있겠어?"

감독이 결정을 했지만 선수에게 의사를 묻는다. 에이스에 대한 예우였다.

"물론입니다."

영웅이 고개를 끄덕였다.

그 순간.

딱–!

경쾌한 소리가 울려 퍼졌다.

와아–!

뒤이어 더그아웃의 선수들이 난간에 매달렸다. 관중석에서도 환호성이 들려왔다. 오커닐과 영웅의 시선이 그라운드로 향했다. 1루 베이스를 통과한 페르나가 2루로 맹질주를 하고 있었다.

"타구는?!"

오커닐 감독의 시선이 외야로 향했다.

[회전이 걸린 타구가 파울 라인 밖으로 흘러갑니다! 펜스에 부딪힌 타구가 튀어나오지 않습니다!]

운이 따랐다.

페르나는 속도를 줄이지 않았다. 2루 베이스를 돈 그가 빠르게 3루로 내달렸다.

그사이 공을 잡은 우익수가 송구를 했다. 우익수에서 2루수로, 그리고 3루로 릴레이 됐다.

하지만 페르나의 발이 더 빨랐다.

촤아악–!

흙먼지를 풍기며 슬라이딩을 한 페르나의 허벅지 위로 3루수의 글러브가 터치됐다.

"세이프!"

[3루타를 기록하는 페르나! 클리블랜드, 오늘 경기 처음으로 찬스를 얻어냅니다!]

노아웃에 주자 3루.

완벽한 찬스였다.

"다음 이닝 준비하겠습니다."

영웅의 말에 오커닐이 고개를 끄덕였다.

무사 3루다. 점수를 내기에 완벽한 찬스였다.

딱—!

4번 하파엘이 초구를 때렸다.

[타구가 높게 떴지만 멀리 날아가진 못합니다.]

[성급한 타격이었습니다.]

[2루수가 거의 제자리에서 공을 잡습니다. 3루 주자는 움직이지 못합니다.]

좋은 찬스가 득점으로 이어지지 않았다. 뒤이어 5번 마커스 알론조가 타석으로 들어섰다.

'큰 건 필요 없다.'

알론조는 베테랑이었다. 메이저리그에서만 8년을 뛰었다. 지금 필요한 게 무엇인지 알고 있었다.

퍽—!

"볼!"

'변화구는 모두 버린다.'

알론조는 철저하게 패스트볼만 노렸다. 반면 투수는 그라운드 볼을 원하는지 떨어지는 변화구를 연달아 던졌다.

퍽—!

"볼!"

[투 볼 노 스트라이크! 타자에게 절대적으로 유리해졌습

니다.]

[이제 카운트를 잡아야 되기 때문에 노릴 타이밍입니다.]

알론조 역시 같은 생각이었다.

"흡-!"

투수가 공을 뿌렸다. 기합 소리가 타석까지 들릴 정도였다.

쐐애애액-!

빠르게 공이 날아왔다.

알론조의 스윙이 일찌감치 시동을 걸었다.

후웅-!

평소의 파워풀한 스윙이 아니다. 간결하고 빠르게 배트가 나와 홈 플레이트 위를 지나갔다.

'걸렸어!'

예상대로 패스트볼이 들어왔다. 그것도 존의 가운데를 통과하는 공이었다. 배트의 궤적 역시 그것을 노리고 있었다.

딱-!

경쾌한 소리가 났다.

[쳤습니다-!]

타구가 빠르게 빨랫줄처럼 날아갔다. 그리고 떨어졌다. 좌익수가 앞으로 달려 나오며 타구를 잡았다.

"제길!"

이미 3루 주자 페르나는 홈베이스를 밟고 있었다.

공은 2루로 향했다.

[선취 득점을 올리는 클리블랜드입니다!]

딱—!

[잘 맞은 타구!]

퍽—!

[1루수가 반사적으로 팔을 내밀어 타구를 잡습니다.]

"아웃!"

[아쉽게도 라인드라이브로 이닝이 마감됩니다. 하지만 클리블랜드, 8회 초에 2득점을 내며 선취점을 냈습니다.]

8회 말. 영웅이 마운드에 다시 올라왔다.

[90구를 던진 강영웅 선수가 다시 한번 마운드에 오릅니다.]

[클리블랜드는 아직 셋업맨을 확정 짓지 못한 상태입니다. 3일을 쉰 아담 윌슨 선수가 있지만 내일 경기가 어떻게 될지 모르기에 강영웅 선수를 마운드에 올린 것으로 보입니다.]

마무리는 연투를 할 수도 있다.

그렇기 때문에 한 이닝만 맡기는 게 정석이었다.

[강영웅 선수 91번째 공을 던집니다.]

뻑—!

"볼!"

[공이 높게 들어갑니다.]

[80개 이후부터 제구가 흔들리고 있습니다.]

후웅—!

뻑—!

"스트라이크!"

[2구, 떨어지는 공에 배트 헛돕니다.]

[커브로 보입니다. 올 시즌 강영웅 선수의 커브의 활용 빈도가 확실히 늘어났습니다.]

딱-!

[3구 때렸습니다. 평범한 땅볼, 유격수 안전하게 포구한 뒤 1루에 송구.]

퍽-!

"아웃!"

[여유롭게 주자 아웃됩니다. 원 아웃!]

남은 아웃 카운트는 두 개.

영웅이 로진을 손에 묻히며 생각을 정리했다.

'2점은 언제든지 뒤집힐 수 있다. 특히 실점한 뒤 타자들의 집중력은 높아진다.'

작년에도 뼈저리게 느꼈다. 타자들이 점수를 내준 직후 실점을 한 경우가 많았다. 그렇기에 영웅은 더욱 집중력을 끌어올렸다.

'힘들더라도 참아라. 손끝의 감각에 집중해!'

"후우-!"

깊게 숨을 몰아쉬었다. 호흡이 거칠어지면 손끝의 감각이 흔들린다. 그것을 막기 위한 방도였다.

'포심 패스트볼, 바깥쪽 낮은 코스.'

페르나의 사인에 고개를 끄덕였다.

'이번 이닝만 막으면 윌슨이 경기를 끝낼 거다.'

개막전에서 보여주었던 윌슨의 모습이 떠올랐다.

든든했다. 뒤를 받쳐 주는 선수가 있다는 사실이.

영웅이 다리를 차올렸다. 동시에 상체를 비틀었다.

[1구 던집니다.]

뻑-!

"스트라이크!"

[96마일의 빠른 공이 절묘한 코스를 통과합니다.]

[저런 코스로 공이 들어오면 타자는 배트를 내밀 수도 없습니다.]

딱-!

"파울!"

[배트 돌리지만 타이밍이 늦었네요.]

뻐억-!

"스트라이크!! 아웃!"

[삼구삼진! 몸 쪽을 날카롭게 찌르는 패스트볼에 타자가 배트조차 내밀지 못합니다.]

[완벽한 커맨드입니다.]

[오늘 경기 탈삼진 9개를 기록하는 강영웅 선수, 두 자릿수를 기록했으면 좋겠는데요.]

남은 타자는 한 명, 사인 교환을 끝낸 영웅이 공을 던졌다.

쐐애애액-!

타자의 가슴 높이로 날아오던 공이 급격하게 꺾이며 존으로 빨려 들어갔다.

퍽-!

"스트라이크!!"

[브레이킹볼이 예술적으로 꺾입니다!]

"후우-! 후우-!"

영웅의 호흡이 거칠어졌다.

적진. 그리고 연패 중인 팀. 그 외의 많은 압박감을 등에 업고 던지고 있었다.

그 모습을 보는 수비들의 얼굴이 일그러졌다.

'2회에 내가 안타를 때렸더라면…….'

'4회에 그 공을 때리지만 않았어도…….'

'하필이면 그 순간에 병살타를 때리다니.'

오늘 경기에서 있었던 아쉬운 순간들이 떠올랐다.

그때였다.

마운드에서 몸을 돌린 영웅이 로진을 손끝에 묻혔다. 그러고는 동료들을 향해 손가락 한 개를 들어 올렸다.

"아웃 카운트 하나 남았다! 집중하자!"

영웅은 동료들을 독려했다.

고작 2년 차에 불과한 신인 투수가 가질 수 있는 여유로움은 아니었다. 그렇기에 동료들은 놀랐다.

'영의 말대로네.'

그들의 표정을 보며 영웅이 미소를 지었다.

연습 경기를 치를 때 사이 영이 이야기했었다.

"수비들의 집중력이 가장 흐트러질 때가 언제지 알아? 바로 선발 투수가 마지막 아웃 카운트를 잡기 직전이지."

그 말이 문득 떠올랐다.

분위기도 환기시킬 겸 외쳤는데 잘 들어맞은 듯했다.

'자, 마지막 아웃 카운트다. 너도 집중해.'

영웅은 스스로에게 이야기했다.

그리고 마운드에 섰다.

[강영웅 선수가 동료들에게 뭐라 이야기를 했는데요. 무슨 내용인지 궁금하네요.]

[그러게 말입니다.]

[초구 던집니다.]

뻐억-!

"스트라이크!"

[96마일의 빠른 공이 미트에 꽂힙니다. 갑자기 구속이 상승합니다.]

[마지막 이닝이라 생각하고 전력투구를 하는 거 같습니다.]

영웅이 빠른 템포로 2구를 던졌다.

비튼 상체를 풀면서 회전력을 더해 손끝으로 힘을 전달했다.

쐐애애애액-!

딱-!

"파울!"

[1구와 같이 패스트볼인데 구속은 93마일이 찍힙니다.]

[구속 조절은 강영웅 선수의 장기 중 하나입니다. 3마일의 차이가 났으니 타이밍이 어긋나는 건 당연한 일이죠.]

[투 스트라이크로 유리한 카운트를 잡은 강영웅 선수, 3구

던집니다.]

퍽-!

"볼!"

퍽-!

"볼!"

[연달아 두 개의 유인구를 던졌지만 타자의 배트는 나오지 않습니다.]

변화구에서 가장 필요한 건 손끝의 감각, 그리고 악력이었다.

악력은 체력이 떨어지면 자연스레 줄어들 수밖에 없다. 그렇게 되면 정확한 변화가 일어나지 않는다.

'패스트볼로 가야겠군.'

영웅과 페르나는 같은 생각을 했다. 문제는 타자 역시 그것을 읽었다는 것이다.

'던질 수 있는 건 빠른 공밖에 없다.'

문제는 초구처럼 빠른 공이 될 것이냐, 아니면 2구처럼 구속이 줄어든 패스트볼이 될 것이냐는 거다.

'카운트를 잡기 위해서 오는 게 아니다.'

영웅이 노릴 건 아웃 카운트다.

그것을 위해서라면.

'최고의 힘으로 던질 거다.'

결정했다.

동시에 영웅이 상체를 비틀었다.

'공이 날아오는 순간, 스윙을 시작한다.'

영웅이 다리를 내디뎠다. 타자도 거기에 타이밍을 맞췄다.

쐐애애애액-!

빠르게 공이 날아왔다. 타자의 스윙은 이미 시동을 걸었다.

딱-!

배트와 공의 궤적이 하나가 되는 순간. 경쾌한 소리가 그라운드를 울렸다.

'제대로 맞았어!'

맞는 순간 알 수 있었다. 이건 안타가 될 것이다. 생각대로 공이 빠르게 날아갔다.

한데.

퍽-!

둔탁한 소리가 났다. 타자의 시선이 타구를 좇았다. 점프한 유격수가 땅에 착지하는 게 보였다.

그러고는 글러브에서 공을 꺼냈다.

"아……."

[나이스 캐치입니다! 잘 맞은 타구를 유격수 조 파렐이 낚아챕니다!]

[환상적인 수비였습니다. 이건 안타 하나를 지워 버린거나 마찬가지예요.]

더그아웃으로 향하는 파렐과 영웅이 글러브 터치를 했다.

"나이스 캐치!"

9회 초, 클리블랜드는 점수를 얻지 못했다.

9회 말, 아담 윌슨이 마운드에 올라왔다.

[올 시즌 두 경기에 등판해 평균 자책점 제로를 기록 중인 아담 윌슨 선수, 선발에서 마무리로 전향해 시즌 초 인상적인 활약을 이어가고 있습니다.]

[구속 상승이 가장…….]

[초구, 던집니다.]

뻐억-!

"스트라이크!"

[97마일의 빠른 공이 미트에 꽂힙니다!]

[역시 상승된 구속으로 타자를 윽박지르고 있습니다.]

윌슨은 1구, 1구에 전력을 다했다.

혼신을 담은 그의 공에 타자들의 배트는 번번이 허공을 갈랐다.

뻑-!

"스트라이크! 아웃!"

[삼자범퇴로 경기를 끝내는 아담 윌슨! 3경기 연속 무실점 행진을 이어갑니다! 또한 강영웅 선수의 시즌 2승을 지켜줍니다!]

[클리블랜드는 4연패의 늪에서 드디어 탈출하는군요.]

3장
팀의 중심이 되어가다

[강영웅 클리블랜드를 구하다!]

국내와 현지 언론 모두 영웅의 활약을 비중 있게 다뤘다.

특히 클리블랜드 지역 언론은 그에게 찬사를 보냈다. 윌슨
의 활약 역시 마찬가지였다.

하지만 다른 선수들에게는 질책을 쏟아냈다.

[클리블랜드 타선은 각성해야 한다.]

한 줄의 글귀는 현 클리블랜드의 사정을 확실히 보여주고
있었다.

선수들 역시 그것을 깨달았다.

'내가 못해서 팀이 질 수는 없어.'

딱-!

[중견수 앞에 떨어지는 안타! 7타석 연속 침묵을 지키던 파렐 선수가 초구부터 안타를 기록합니다!]

[어제 8회에서 좋은 수비를 보여주었던 파렐 선수입니다. 높은 집중력으로 2차전 첫 타석에서 좋은 타구를 만들어줍니다.]

'페르나가 타격감이 좋다. 굳이 내가 해결할 필요는 없어. 이어주기만 해도 된다.'

2번 타자 2루수 안드레의 집중력이 높아졌다.

딱-!

"파울!"

[3구 연속 파울을 기록하는 안드레 선수입니다!]

[좋은 선구안입니다. 이전 경기까지만 하더라도 스윙이 크게 나왔는데 오늘은 간결한 스윙이 이어지고 있습니다.]

[풀카운트에서 9구 던집니다.]

뻑-!

"볼!"

[떨어지는 변화구에 배트 나가다 멈춥니다! 1루로 걸어 나가는 안드레 선수!]

[어제 승리를 해서 그런가요? 오늘 타자들의 집중력이 좋습니다.]

타격 사이클은 한순간에도 바뀔 수 있다. 특히 투수 쪽이 안정적으로 운영이 되면 더욱 그렇다.

어제 경기에서 두 명의 투수가 9이닝을 완벽히 틀어막았다. 그러면서 연패도 끝났다. 타자들의 사기가 올라오기에 충분한 조건이었다.

[타석에는 클리블랜드에서 가장 타격감이 좋은 페르나 선수가 들어섭니다.]

[어제 경기 결정적인 역할을 해준 페르나입니다. 오늘 경기에서 과연 해결사 역할을 해줄 수 있을지 기대됩니다.]

영웅은 호텔 침대에 누워 중계를 보고 있었다.

'한 방 날려 버려.'

투수가 세트 포지션에서 공을 뿌렸다.

초구부터 페르나의 방망이가 돌았다.

딱-!

경쾌한 소리가 TV를 통해 전달됐다. 한국과 달리 현지 중계는 대부분의 소리를 차단하지 않는다. 덕분에 더 생생하게 중계를 볼 수 있었다.

[와아아아-!]

관중들의 함성 소리가 들렸다. 카메라가 타구를 좇았다.

빠르게 날아간 타구가 중견수 키를 살짝 넘겼다.

그사이 2루 주자가 홈으로 들어왔다. 중견수가 공을 잡아 몸을 돌리는 순간, 1루 주자도 3루로 돌고 있었다.

'돌아!'

3루 주루 코치가 팔을 세차게 돌리고 있었다. 주자도 멈추지 않았다. 공이 릴레이 됐다. 아슬아슬했다.

주자가 슬라이딩을 했고 그 위로 포수의 미트가 내려왔다.

[촤아아악-!]

[퍽―!]

카메라가 구심을 가리켰다. 구심이 양손을 좌우로 펼쳤다.

"아자!!"

영웅이 주먹을 불끈 쥐었다.

클리블랜드의 변화는 조금씩 일어났다.

타자들의 집중력 있는 모습이 그 중심에 있었다.

[무사에 주자 1, 2루! 5회 초, 위기를 맞는 클리블랜드입니다.]

마운드에는 3선발 짐 놀란이 서 있었다.

4회까지 1실점. 좋은 피칭을 해왔다. 하지만 한순간의 흔들림을 막지 못했다.

"좋지 않은데."

더그아웃의 누군가가 말했다.

그 말은 정확했다. 야구의 흐름을 가장 잘 느끼는 건 현장에 있는 선수들이었다. 팽팽하게 이어지던 흐름이 점점 화이트삭스 쪽으로 넘어가고 있었다. 선수들은 그걸 느꼈다.

"놀란!! 삼진으로 잡아버려!!"

그때 영웅이 소리쳤다.

그의 외침에 그라운드의 선수들, 더그아웃의 동료들, 그리고 가까운 관중들까지 그를 쳐다봤다.

하지만 영웅은 개의치 않았다.

"충분히 잡을 수 있어!"

그는 계속해서 놀란을 독려했다.

방금 전까지 클리블랜드 더그아웃은 조용했다. 크게 응원을 하는 선수들은 없었다. 그저 하나둘 모여 수다를 떨 뿐이었다.

하지만 영웅이 소리치자 곧 다른 선수들도 큰 소리로 동료들을 응원했다.

"오늘 컨디션 좋으니까! 자신감 있게 던져!"

"네 공이면 할 수 있어!"

더그아웃이 시끌벅적해졌다. 좋은 현상이었다. 응원은 힘을 나게 해준다. 특히 단체 경기에서는 더더욱 그렇다.

문제는 그 분위기를 이끌어 갈 사람이었다. 클리블랜드는 그것을 할 선수가 없었다.

경기 외적인 부분에서는 페르나가 가장 근접한 선수였다.

활발했고 인간관계가 좋았다. 포용력도 있었다.

문제는 경기 내적인 부분에서는 그런 재능을 살리기 힘들었다. 포수라는 포지션 때문이었다.

조금 더 경험이 쌓으면 여유가 생기고 팀의 리더가 될 가능성이 높았다. 하지만 당장은 힘들었다.

그런데 영웅이 직접 나서고 있었다. 예상 밖의 일이었다.

'고작 2년 차밖에 되지 않은 녀석이 말이지.'

신기한 선수다. 긴 세월 감독을 해왔지만 저런 타입은 본 적이 없었다.

경기 외적으로 보면 분명 신인이다.

한데 간혹 베테랑 같은 모습을 보여주기도 한다. 작년에는 그런 모습이 대부분 경기 내적으로 드러났다.

한데 올해는 더그아웃에서도 그런 모습을 보여주기 시작했다.

'벌써 익숙해졌다는 건가?'

엄청난 적응력이다. 당장은 그렇게밖에 생각할 수 없었다.

뻐억-!

"스트라이크!"

[좋은 코스에 빠른 공이 들어갑니다.]

[오늘 던진 공들 중 가장 좋은 코스였던 걸로 보입니다.]

'자식들이, 내가 벌써 지쳤다고 생각하나?'

놀란이 더그아웃을 바라봤다. 자신을 향해 응원을 쏟아내는 동료들이 보였다.

'아직 안 지쳤다고!'

그러면서도 입가에는 미소가 그려졌다. 동료의 응원은 언제나 힘이 나게 해준다. 전력을 다해 2구를 뿌렸다.

쐐애애액-!

후웅-!

타자의 배트가 허공을 갈랐다.

뻐억-!

"스트라이크! 투!"

구심의 손이 올라갔다. 공격적인 피칭에 당황한 건 타자였다. 놀란은 유인구로 카운트를 잡는 투수였으니 말이다.

'공이 잘 들어오는데.'

페르나의 손가락이 현란하게 움직였다.

'몸 쪽 빠른 공. 바로 잡아버려!'

놀란이 고개를 끄덕였다. 그 역시 길게 끌 생각이 없었다.

허를 찌르는 공격.

촤앗-!

놀란이 다리를 차올렸다. 포물선을 그리며 나온 팔에서 공이 떠났다.

쐐애애애액-!

타자의 배트도 돌았다.

'이런!'

페르나가 아차 싶었다. 배트가 도는 궤적과 공의 궤적이 일치했기 때문이다.

딱-!

곧 경쾌한 소리가 그라운드에 울렸다. 주자들도 반사적으로 달렸다.

퍽-!

한데 둔탁한 소리가 울려 퍼졌다.

촤아악-!

페르나의 눈에 슬라이딩을 하는 하파엘이 보였다. 곧장 자리에서 일어난 하파엘이 2루로 공을 뿌렸다. 급하게 주자가 2루로 귀루했다.

하지만 하파엘의 송구가 더 빨랐다.

퍽-!

"아웃!"

어느새 베이스커버를 들어온 2루수의 글러브가 주자의 등을 터치했다.

[멋진 수비가 나옵니다!]

방금 전 상황이 리플레이 됐다.

[타격은 제대로 이루어졌습니다. 잘 맞은 타구가 나왔어요. 하지만 하파엘 선수의 반사 신경이 대단했습니다.]

빠른 타구를 몸을 날려 낚아채는 하파엘의 모습은 한 마리 맹수 같았다.

초식동물을 낚아채는 그런 모습이었다.

[이후 2루에 공을 뿌리는 동작까지. 완벽 그 자체였습니다.]

놀란이 하파엘을 향해 박수를 보냈다.

그만큼 멋진 플레이였다.

"하파엘 멋지다!!"

"나이스 캐치!!"

더그아웃에서도 그를 향한 칭찬이 이어졌다. 하파엘의 수비는 분위기를 단숨에 가져왔다.

호수비는 투수에게 큰 힘을 준다.

좋은 타구를 만들더라도 동료들이 잡아줄 것이다.

그런 믿음이 투수의 어깨를 가볍게 해주기 때문이다.

뻑―!

"스트라이크! 아웃!!"

[떨어지는 커브에 헛스윙! 무사 1, 2루의 위기를 맞았던 클리블랜드! 하지만 호수비와 놀란의 삼진으로 위기를 넘깁니다!!]

더그아웃으로 동료들이 돌아왔다.

특히 하파엘이 돌아왔을 때는 동료들의 격한 환영이 이어졌다.

"하파엘! 바로 다음 타석이다."

타격 코치의 말에 격한 환영이 끝났다. 헬멧과 보호 장비를 착용한 하파엘이 더그아웃을 나섰다.

그때 영웅이 소리쳤다.

"하파엘! 한 방 날리면 넌 오늘 영웅이다."

"오케이. 날리고 오지."

호기롭게 소리치는 하파엘을 보며 영웅이 미소를 지었다.

하파엘은 자신이 영웅적인 걸 좋아한다. 그래서 분위기를 탔을 때 더욱 좋은 모습을 보여주기도 했다.

'분위기는 확실히 우리한테 왔어.'

이럴 때 기회를 잡아야 했다.

밥 펠러의 말이 떠올랐다.

"메이저리그는 세계에서 톱클래스 선수들이 모이는 곳이다. 그런데 강팀과 약팀이 나뉘는 이유가 뭔지 알아?"

"톱클래스들 사이에서도 수준이 나뉘어서요."

"그것도 맞는 말이지. 하지만 다른 이유도 있어. 강팀은 분위기를 잡았을 때 확실히 승기를 잡는다. 이기고 있다면 도망을 가고 지고 있다면 따라가겠지. 하지만 약팀은 반대다. 도망칠 때 도망가지 못하고 따라갈 때 따라가지 못하면서 점점 약팀이 되어가는 거다."

영웅의 시선이 그라운드로 향했다.

자신의 팀. 클리블랜드 인디언스가 올 시즌 강팀이 될지 약팀이 될지, 이번 타석에서 윤곽이나마 볼 수 있을 것이다.

빽-!

"스트라이크!"

[볼 카운트 2볼 투 스트라이크. 하파엘 선수, 신중하게 공을 바라봅니다.]

[신중한 건 좋지만 방금 놓친 공은 아쉬웠습니다. 제대로 때렸다면 좋은 타구가…….]

[투수, 공 던집니다.]

공이 빠르게 날아왔다.

하파엘의 허리가 유연하게 돌아갔다.

후웅-!

배트가 바람을 가르면서 묵직한 소리가 났다.

그 순간 공이 밑으로 뚝 떨어졌다.

변화구였다.

촤악-!

무게중심을 밑으로 이동시켰다. 동시에 무릎을 꿇었다. 갑작스러운 움직임에 발이 미끄러졌다.

'견뎌!'

하파엘이 엄지에 모든 힘을 집중시켰다. 덕분에 미끄러지던 하체가 멈췄다. 그 상태에서 배트를 위로 올려쳤다.

따악-!

경쾌한 소리와 함께 공이 높게 떠올랐다.

[타구가 높이 뜹니다!]

[너무 높게 뜨는데요.]

[우익수 자리를 잡다가 뒤로 물러납니다!!]

[어…… 어……?]

[아아-! 따라가는 걸 포기합니다. 타구는 전광판을 맞고 다시 그라운드로 들어옵니다! 엄청난 홈런이 터집니다!]

[정말 굉장한 힘입니다. 하체가 무너졌는데도 손목을 끝까지 비틀어 그대로 넘겨 버렸어요.]

카메라가 베이스를 도는 하파엘을 집중적으로 찍었다.

그 모습을 보는 영웅이 미소를 지었다.

'펠러, 당신의 말대로라면 우리도 강팀이 될 수 있겠죠?'

답이 없는 질문.

하지만 그것만으로 충분했다.

영웅은 동료들과 함께 귀환하는 오늘 경기의 히어로를 맞이했다.

"예-!"

"아자-!"

짝-!

하이파이브를 한 손이 얼얼할 지경이었다.

클리블랜드가 시카고를 떠났다.

비행기에 오른 클리블랜드 선수단의 분위기는 그 어느 때보다 좋았다. 포커판이 벌어졌고 선수들이 모여 수다를 떨었다. 생기가 넘치는 이유는 화이트삭스와의 시리즈 때문이었다.

[클리블랜드, 시카고 화이트삭스를 상대로 첫 위닝 시리즈를 가져가다!]

4전 3승 1패.

완벽한 승리였다.

시즌 첫 위닝 시리즈라는 점이 고무적이었다. 무엇보다 오커닐 감독을 기쁘게 한 건 이기는 과정이었다.

'점수가 날 때 확실히 났다. 그것만으로도 충분해.'

마운드도 안정되어 가고 있었다.

특히 마무리 아담 윌슨은 예상 밖이었다. 생각보다 더욱 잘해주고 있었다.

아직 그 앞을 책임져야 될 중간 계투에는 고민이 있었다.

하지만 새로운 얼굴이 나올 것이다.

분명히 말이다.

보스턴 레드삭스.

메이저리그 명문 구단 중 하나다.

클리블랜드의 두 번째 원정 상대기도 했다.

첫 경기에서 레드삭스가 승리를 챙겨갔다. 양 팀 모두 5선발이 출전했기에 난타전이 이어졌다. 도합 12점이 났다. 인디언스는 5명의 투수가 마운드에 올라 소비가 심각했다.

'오늘은 내가 오래 던져야 돼.'

영웅은 팀의 분위기를 읽었다. 에이스로서의 책임감을 가지고 영웅이 마운드에 올랐다.

[작년 레드삭스를 상대로 강영웅 선수는 3번 등판해 2승을 기록했습니다. 아직 패배가 없습니다.]

[오늘 경기에서 승리투수가 되면 시즌 3승으로 다승 1위도 노려볼 수 있습니다.]

[강영웅 선수, 초구 던집니다.]

와인드업과 함께 영웅이 공을 뿌렸다.

쐐애애액-!

딱-!

"파울!"

[95마일 빠른 공에 배트가 밀립니다.]

퍽-!

"스트라이크!!"

[2구, 바깥쪽 존을 통과합니다. 타자, 고개를 갸우뚱하지만 분명 지났습니다.]

영웅이 연달아 3구를 던졌다.

쐐애애액-!

'커브!'

수직으로 떨어지는 공에 타자의 배트가 돌았다. 하지만 절반도 채 돌기 전에 공은 존을 통과했다.

퍽-!

후웅-!

"스트라이크!! 아웃!!"

[삼구삼진! 첫 타자를 멋지게 잡아내는 강영웅 선수입니다!]

[타자의 스윙을 봤을 때 커브로 판단했을 가능성이 큽니다. 하지만 구속이 87마일이에요. 강영웅 선수의 커브는 70마일 중후반입니다. 즉, 종 슬라이더를 던진 거예요.]

[헛스윙을 한 이유가 있었군요?]

[그렇습니다. 강영웅 선수는 올 시즌 커브와 종 슬라이더를 매우 적극적으로 활용하고 있습니다. 타자들의 머리가 꽤나 아플 겁니다.]

퍽-!

"스트라이크!!"

[두 번째 타자에게도 초구 스트라이크를 잡아내며 유리한 카운트로 시작합니다!]

[공격적인 피칭은 강영웅 선수의 전매특허죠.]

[2구 던집니다.]

후웅-!

퍽-!

"스트라이크! 투!"

[하이 패스트볼에 배트 헛돕니다.]

[여기서 다시 한번 공격적인 피칭으로 빠르게 카운트를 잡는 것도 좋습니다.]

[빠른 템포로 3구 던집니다.]

쐐애액-!

공이 몸 쪽을 빠르게 파고들었다.

'볼이다!'

바싹 붙어오는 공이기에 타자의 배트가 나오지 않았다.

그 순간 공의 궤적이 휘더니 존으로 빨려 들어왔다.

퍽–!

'이런!'

미트에 꽂히는 소리에 타자의 얼굴이 일그러졌다.

"스트라이크!! 아웃!"

[두 타자 연속 삼구삼진!]

[몸 쪽에서 존으로 들어오는 멋진 컷 패스트볼이었습니다!]

중계 카메라가 영웅을 클로즈업했다.

[아직 21살의 저 어린 선수가 저렇게 여유로울 수 있을까요?]

그렇게 생각하는 건 중계 팀만이 아니었다.

불펜에 앉아 있는 중계 투수들 역시 비슷한 대화를 나누고 있었다.

"내가 저 나이 때는 삼진 잡아내면 기뻐서 미칠 거 같았는데 말이지."

"강, 저 녀석은 정말 난 놈이라니까."

"맞아. 뭔가 특별함이 느껴져."

아담 윌슨도 비슷한 생각이었다. 그는 자신의 옆에 앉아있는 잭슨에게 말했다.

"저 녀석의 투구를 잘 봐둬. 너도 배울 게 많을 거다."

"저 정도의 공은 나도 던질 수 있어."

잭슨이 불쾌하다는 듯 한마디를 툭 던졌다.

자만심이 아니었다. 잭슨의 빠른 공은 90마일 후반이 찍힌다. 변화구가 적긴 하지만 불펜이란 걸 감안했을 때 큰 약점은 되지 않는다.

무엇보다 잭슨은 올해로 23살이다. 영웅을 제외하고는 클리블랜드 투수진에서 가장 나이가 어리다.

구단에서도 많은 기대를 하고 있었다. 윌슨 역시 그의 재능을 인정했다. 그렇기에 옆에 붙어서 이런저런 조언을 자주 해주었다.

하지만 한 가지.

잭슨은 영웅의 이야기가 나오면 불쾌한 태도를 보였다.

비슷한 나이대이고 같은 투수기 때문에 나올 수 있는 반응이었다.

"공이 중요한 게 아니다. 녀석은 자신이 공을 던질 때 이 공을 어떻게……."

"됐어, 나도 그 정도는 알……."

뻑―!

"스트라이크!! 아웃!"

[이번에는 공 5개로 삼진을 잡아냅니다! 1회에만 무려 세 개의 탈삼진을 잡아내는 강영웅 선수입니다!]

"칫……!"

잭슨이 기분 나쁘다는 듯 혀를 찼다.

그 모습을 보며 윌슨이 고개를 저었다.

[클리블랜드의 강영웅 8이닝 무실점 11탈삼진 3피안타 1사사구를 기록하며 시즌 3승!]

[아메리칸리그 다승 단독 1위, 메이저리그 전체 공동 1위에 오른 강영웅!]

[데뷔 시즌은 시작에 불과했다! 과연 올 시즌은 어떤 모습을 보여 줄 것인가?]

또다시 승리했다.

이번에도 8이닝을 던졌다. 최근 두 번의 등판에서 16이닝을 기록한 것이다. 선발 투수에게 가장 필요한 건 이닝 소화 능력이다.

그런 점에서 봤을 때 영웅은 리그 최고 수준의 투수였다.

'그래도 좀 지치네.'

다소 무리를 했다. 팀의 사정을 생각해서 던졌다. 덕분에 체력 회복이 더뎠다.

'엄마가 해준 김치찌개 먹고 싶다.'

메이저리그답게 음식 수준은 매우 높았다.

하지만 엄마가 해준 집 밥에는 미치지 못했다.

'에휴……. 그냥 쉬자.'

호텔 방에 누워 영웅은 다시 잠에 들었다.

최소한 하루는 푹 쉬어야 했다.

클리블랜드는 보스턴을 떠났다.

이번 시리즈에서 2승 2패로 동률을 이루었다. 시카고를 상대로는 3승 1패.

합쳐서 5승 3패가 됐다.

이전까지 1승 4패를 했었으니 이제 6승 7패로 승률 50퍼센트까지 단 1승만을 남겨두었다.

'리그 순위가 3위가 됐군.'

이번 원정을 떠나기 전만 하더라도 5위였다. 말이 좋아 5위지 꼴찌다.

'좋은 성적을 냈다.'

원정 경기는 승리보다 패배의 확률이 조금 더 높았다. 적지에서 경기를 치르기 때문이다. 또한 이동 거리라는 페널티도 있었다. 그런 상황에서 5승 3패라는 준수한 성적을 냈다. 선수들이 노력해 준 덕분이다.

'이번 원정에서 얻은 게 많다.'

타자들의 타격 사이클이 올라오기 시작했다. 덕분에 투수가 무너진 경기에서도 쉽게 지지 않았다.

'윌슨의 능력을 확실하게 각인시킨 것도 크다.'

윌슨은 두 번의 시리즈에서 4번을 등판했다. 4번 모두 세이브를 기록했다.

작년, 팀에서 입지가 좁아졌던 윌슨은 다시 자리를 잡기 시작했다.

덕분에 계투 쪽에 리더가 생겼다. 윌슨은 연륜도 있고 성적도 뒷받침이 되니 조만간 완전한 리더가 될 가능성이 높았다.

'문제는 잭슨이군.'

오커닐은 잭슨에 많은 관심을 기울였다.

빠른 공과 젊은 나이.

변화구를 장착하고 멘탈만 갖춘다면 계투 혹은 선발 쪽에서 한자리를 책임져 줄 선수가 될 것이다.

'이번 시리즈에서 3이닝 4실점이라.'

던진 이닝보다 실점이 더 많았다. 안타를 많이 맞아서는 아니었다.

'볼넷이 무려 5개.'

또한 득점권 주자가 있을 때 안타를 맞는 일도 많았다. 그러다 보니 실점이 늘어났다.

'잭슨의 실력이 올라와 주기만 한다면······.'

계투 쪽에 짜임새가 만들어진다.

'조금 더 기다려도 되겠지.'

이동 중에도 쉬지 않는 오커닐이었다.

클리블랜드로 돌아온 영웅은 선수 중 가장 빨리 구장에 나왔다.

"너무 일찍 오는 거 아니야?"

연습장의 문을 열어주는 푸근한 인상의 바비가 물었다.

"한국에서부터 이렇게 훈련을 해왔어."

"너무 무리하지 마. 네가 빠지면 우리 팀에는 타격이 너무 커."

"알았어. 문 열어줘서 고마워."

바비가 영웅의 등을 툭 치고는 자신의 업무로 복귀했다.

실내 연습장에 들어선 영웅은 라커룸에 짐을 풀었다. 옷을 갈아입고 스트레칭을 시작했다.

충분히 몸에 온기가 돌자 트레드밀로 근육들을 깨우기 시작했다. 예열이 되자 가벼운 근육 운동으로 몸을 풀었다.

무게는 크게 높이지 않았다.

중요한 건 근육의 자극이었다.

가벼운 중량으로 천천히 세밀한 근육들을 자극시켰다.

드르륵-!

그때 문이 열렸다. 영웅이 고개를 돌렸다.

"잭슨! 일찍 왔네."

"어, 그래."

퉁명스러운 반응이었다.

그가 자신을 꺼려 한다는 건 잘 알고 있었다.

하지만 같은 팀원이다. 트러블을 일으켜서 좋을 건 없었다. 충돌이 없는 선에서 서로 인사를 하고 지내는 게 가장 좋은 거였다.

잭슨이 바로 라커룸으로 들어갔기에 대화는 끝났다.

영웅은 근육 운동에 전념했다.

그사이 잭슨도 스트레칭과 러닝을 끝내고 근력 운동을 시작했다.

"후우-! 후우-!"

"훅-! 훅-!"

두 사람의 거친 호흡 소리만이 울려 퍼졌다.

대화 한 마디 없었다.

영웅은 원래 스타일이 그랬다. 집중력을 높여 최대한의 효과를 냈다.

잭슨은 그저 영웅이 마음에 들지 않았기에 이야기를 하지 않았다.

'고작 저 정도 무게를 가지고 힘들어하다니.'

말은 하지 않았지만 시선은 영웅을 관찰했다.

영웅은 파워 레그 프레스를 하고 있었다.

양쪽의 무게는 합쳐서 150kg이었다.

무거운 무게는 맞지만 머신을 이용하는 것이기에 불가능한 것도 아니다.

엘리트 운동인이란 걸 감안했을 때는 가벼웠다.

'잘 봐.'

잭슨은 200kg으로 스타트를 했다.

차근차근 100개까지 올라간 뒤 무게를 250kg으로 늘렸다.

잭슨이 옆에서 무게를 올려도 영웅은 개의치 않았다.

그저 자신이 해야 될 운동에 집중했다.

'너한테 지진 않는다!'

잭슨의 승부욕이 불타고 있었다.

반면 영웅은 꿈의 그라운드에서 배웠던 훈련법을 연상하며 정신을 집중시켰다.

"우리는 보디빌더가 아니다. 필요한 근육에 충분한 자극을 주는 무게면 충분하다. 그러기 위해선 천천히 근육에 자극이 가는 걸 느끼면서 운동을 해라. 가장 중요한 건 정신을 집중하는 거다."

'정신 집중, 정신 집중.'
같은 공간과 운동.
하지만 전혀 다른 생각을 가진 두 사람이었다.

프로그레시브 필드.
인디언스의 홈에서 오랜만에 경기가 열렸다. 관중들이 일찌감치 경기장을 찾았다.
이미 관중석은 매진이었다.
최근 클리블랜드의 성적이 좋은 것과 선발 등판이 영웅이란 점도 한몫을 했다. 마운드에 오르는 영웅을 보며 관중들이 기대를 숨기지 않았다.
"오늘은 탈삼진을 몇 개나 잡을까?"
"두 자릿수는 잡지 않겠어?"
올 시즌 개막전에서 영웅의 탈삼진은 줄었다. 하지만 세 번째와 네 번째 등판에서는 탈삼진의 숫자가 늘어났다. 그 모습을 본 팬들은 영웅의 컨디션이 올라왔다고 판단을 내렸다.

탈삼진은 투수의 강력함을 보여주는 지표 중 하나다.

특히 빠른 강속구로 타자를 돌려세울 때 느끼는 그 짜릿함은 야구팬들에게는 가장 큰 쾌감이었다.

그러나 오늘은 달랐다.

뻑-!

"볼! 베이스 온 볼!"

[또다시 볼넷이 나옵니다. 3회 초 1사에 주자 1, 2루의 위기를 맞이하는 강영웅 선수.]

[오늘은 영점이 잘 맞지 않는 느낌입니다. 제구가 딱 잡히지 않아요.]

[작년 시즌 강영웅 선수의 9이닝당 볼넷 비율은 2.5개로 매우 좋은 수치를 기록했습니다. 하지만 오늘은 벌써 볼넷을 3개나 주고 있네요.]

매 이닝마다 주자가 출루했다.

안타를 맞은 탓도 있지만 스스로 자처한 부분도 있다.

마운드 위의 영웅은 자신의 손가락을 바라봤다.

'오늘따라 공이 원하는 코스로 날아가지 않는다.'

어떤 투수라도 매 경기 좋은 컨디션으로 마운드에 오를 수 없다.

그 사실을 영웅은 몸으로 경험하고 있었다.

'변화구 비중을 높인다.'

영웅이 로진을 손끝에 묻히고 마운드 위에 섰다.

페르나가 사인을 보냈다.

'바깥쪽 패스트볼.'

고개를 저었다.

연달아 세 개의 사인이 오갔다.

하지만 영웅은 모두 거절을 하고 직접 사인을 냈다.

'떨어지는 슬라이더.'

페르나는 잠깐 고민을 했다.

'오늘 릴리스 포인트가 흔들리는 모양새인데.'

투수의 상태는 포수가 가장 먼저 알 수 있다. 때로는 투수보다 더 먼저 안다.

페르나가 봤을 때 오늘 영웅의 상태는 결코 정상이 아니었다.

그러나 고민은 길지 않았다.

'에이스의 의견을 무시할 순 없지.'

페르나가 사인을 보냈다. 영웅이 원하는 코스였다.

고개를 끄덕인 영웅이 공을 뿌렸다.

쐐애애액—!

'걸렸어!'

타자의 배트가 돌았다. 몸 쪽에서 떨어지는 코스였다. 잡아당겨 넘길 기세로 배트가 돌았다.

그 순간 공이 밑으로 뚝 떨어졌다.

후웅—!

퍽—!

"스트라이크!"

[떨어지는 변화구로 카운트를 올리는 강영웅 선수!]

[좋은 코스에서 좋은 타이밍에 떨어졌어요. 아주 좋은 공이었습니다.]

2구는 다시 한번 패스트볼을 던졌다.

뻑-!

"볼!"

[스트라이크존을 벗어나면서 볼이 됩니다.]

[페르나 포수의 위치를 보세요. 바깥쪽에 있었는데 공은 몸 쪽으로 붙었어요.]

'오늘 포심은 거의 버려야겠는데.'

영웅은 스스로의 상태를 판단했다.

뒤이어 3구를 던졌다.

이번에는 가슴 높이에서 무릎까지 떨어지는 12-6 커브볼이었다.

후웅-!

퍽-!

"스트라이크! 투!"

이번에도 타자의 배트가 헛돌았다.

'변화구라도 잘 들어가 주니 다행이네.'

볼 카운트 투 스트라이크 원 볼.

'평소 성향상 카운터를 잡으러 올 가능성이 높다.'

타자의 생각이 눈에 보였다.

생각을 읽는 초능력이 아니었다. 움직임, 배트를 잡는 위치, 타석에서의 위치. 그런 것들을 보고 판단을 내리는 것이었다.

이런 부분은 작년보다 올해 더 익숙해졌다. 경험이 쌓인 덕이다.

또 한 가지.

'너희들은 날 분석했다고 생각하지만 나 역시 마찬가지야.'

상대가 자신에 대해 분석을 했다. 영웅은 그것을 역이용했다.

'바깥쪽 체인지업.'

영웅의 사인에 페르나가 고개를 끄덕였다.

"후우……."

깊게 숨을 몰아쉬고 주자들을 견제했다.

주자들의 무게중심이 베이스 쪽으로 향한 순간.

영웅이 다리를 내디뎠다. 부드럽게 이어진 투구 동작에서 공이 빠르게 날아왔다.

쐐애애액ㅡ!

'걸렸어!'

존으로 들어오는 공에 타자의 배트가 돌았다. 공과 배트가 하나가 될 거라 생각했다. 한데 그 순간 속도가 줄어들었다.

'체인지업!'

상황 판단이 됐다.

손목을 비틀어 배트를 멈추려 했다.

하지만 그게 실수였다. 배트의 스윙 속도가 느려지면서 어정쩡하게 타구를 건드렸다.

툭ㅡ!

타구가 마운드로 굴러갔다.

"큭!"

타자가 이를 악물고 1루로 달렸다.

영웅도 순식간에 대시해 굴러오는 공을 잡았다. 페르나도 마스크를 벗고 주자들의 위치를 확인했다.

"세컨!"

페르나의 외침을 들은 영웅이 공을 잡자마자 몸을 돌리며 발을 2루로 내디뎠다.

"흡-!"

숨을 멈추며 있는 힘껏 공을 뿌렸다. 빠르게 날아간 공이 베이스커버를 들어온 파렐의 글러브에 들어갔다.

퍽-!

"아웃!"

직후 파렐이 1루로 공을 뿌렸다.

퍽-!

"아웃!"

[1-6-3 더블플레이! 멋진 플레이가 완성되는 순간입니다!]

위기를 넘어가는 영웅이었다.

6이닝 1실점 4볼넷 5탈삼진 82구.

영웅의 5번째 경기 성적이었다.

최소 이닝과 최소 탈삼진, 그리고 최다 볼넷을 기록했다.

하지만 나쁜 성적은 아니었다.

타선이 7점을 내준 덕분에 승리투수 요건을 등에 업었다. 그렇기에 오커닐이 영웅을 일찍 내릴 수 있었다.

[오늘은 오커닐 감독이 강영웅 선수를 일찍 강판시켰습니다.]

[두 경기 연속 8이닝을 던졌기에 휴식을 준 듯합니다.]

[그렇군요. 클리블랜드의 두 번째 투수는 잭슨 선수가 올라왔습니다. 올 시즌 4경기 등판해 5이닝을 던졌습니다만 성적은 좋지 않습니다. 무엇보다 볼넷의 숫자가 많네요.]

[성적은 좋지 않지만 빠른 공을 보유하고 있습니다. 두 번째 등판이었나요? 최고 구속 99마일을 찍을 정도로 대단한 공을 가지고 있어요.]

강속구는 타고난다는 말이 있다. 그만큼 구속을 상승시키는 건 어려운 일이었다.

윌슨의 케이스는 매우 드문 경우였다.

그렇기에 오커닐도 잭슨을 포기할 수 없었다.

"잭슨, 점수에 여유가 있으니까 네가 원하는 공을 던지고 내려와."

"알겠습니다."

투수 코치의 조언을 들은 잭슨이 고개를 끄덕였다.

"플레이볼!"

경기가 재개됐다.

페르나의 사인은 간단했다. 잭슨이 던질 수 있는 구종은 딱 두 개였다.

패스트볼과 슬라이더.

투 피치 투수였지만 제대로 제구만 된다면 충분히 경쟁력이 있었다.

"흡-!"

쐐애애액-!

뻑-!

"스트라이크!"

[97마일의 빠른 공이 몸 쪽을 날카롭게 찌릅니다! 스트라이크 원!]

오늘은 제구가 되는 날이었다. 잭슨의 입가에 미소가 그려졌다.

하지만 그 미소는 오래가지 못했다.

첫 타자를 삼자범퇴로 깔끔하게 막아낸 잭슨.

그러나 이어서 나온 두 타자를 볼넷으로 연달아 내주었다.

[갑자기 제구가 흔들리나요? 연속 볼넷으로 위기를 맞습니다.]

'제길! 제길!'

마운드에 서 있는 잭슨은 본인의 감정을 그대로 노출했다. 당황했고 마음이 급해졌다.

'삼진을 잡아야 돼, 삼진을.'

그의 머릿속에 다른 선택지는 없었다. 타자가 어떻게 하는지도 눈에 들어오지 않았다.

모든 것이 급했다. 페르나도 그것을 눈치채고 애써 템포를 조절했다.

하지만 한계가 있었다.

'바깥쪽 슬라이더.'

'이런 상황에 슬라이더가 무슨 소용이야?!'

하지만 페르나는 팀의 주전 포수다.

거역할 수 없었다. 잭슨은 슬라이더 그립을 잡고 공을 던졌다.

쐐애애액—!

공은 제대로 들어갔다. 타자의 배트도 이끌려 나왔다.

딱—!

[배트에 공이 빗맞습니다!]

공이 데굴데굴 굴러왔다.

'대시가 늦어!'

페르나가 앞으로 달려가며 잭슨의 위치를 확인했다.

너무 늦게 출발을 했다. 자신이 공을 잡아 던지기에는 타구 속도가 빨랐다.

잭슨이 공을 잡았다. 그 순간 페르나가 소리쳤다.

"퍼스트!"

손가락으로 1루를 가리켰다.

'더블플레이를 잡아야지!'

잭슨이 몸을 돌렸다. 그의 발이 2루 베이스로 향했다.

"늦었……!"

페르나가 급하게 소리쳤다. 그러나 잭슨은 멈추지 않았다.

쐐액—!

공이 그의 손을 떠났다.

좌아악—!

1루 주자가 슬라이딩을 하며 베이스에 들어갔다. 뒤이어 파렐이 공을 잡아 태그를 했다.

퍽—!

순간 정적이 흘렀다. 잭슨의 시선이 2루심에게 향했다.

심판의 팔이 좌우로 펼쳐졌다.

"세이프!"

같은 상황, 정반대의 결과가 펼쳐졌다.

[2루를 선택한 잭슨 선수, 하지만 주자 올 세이프가 됩니다.]

[페르나 선수는 1루를 가리켰는데요. 왜 2루로 던졌는지 모르겠습니다.]

리플레이로 그 장면이 다시 나왔다.

한국의 유저들이 흥분해서 댓글을 남기기 시작했다.

—저 미친놈! 왜 2루에 공을 던져?!

—경기 완전 망치려고 작정했나?

—트롤이네.

—잭슨도 토토 한답니다.

[오커닐 감독이 마운드에 올라오네요. 교체일까요?]

[글쎄요. 아, 구심에게 공을 건네받습니다. 교체가 되겠네요.]

[잭슨 선수 아웃 카운트 하나를 잡아내고 책임 주자 세 명을 루상에 둔 채 마운드를 내려갑니다.]

잭슨이 더그아웃으로 돌아왔다.

"괜찮아."

"잘했어!"

동료들의 위로가 쏟아졌다. 차마 고개를 들 수 없었다.

모든 게 자신의 탓이었으니까.

딱-!

막 의자에 앉는 순간, 경쾌한 소리가 그라운드에 울렸다.

고개를 들었을 때, 중견수 앞에 떨어지는 타구가 보였다.

영웅은 승승장구했다.

4월. 5번의 등판을 하면서 모두 승리를 챙겼다.

승률 100퍼센트.

내용도 훌륭했다.

모든 등판에서 퀄리티 스타트를 기록했다.

4번의 퀄리티 스타트 플러스, 2번은 8이닝을 책임졌다. 평균 자책점은 0.75를 마크 중이었다.

아메리칸리그 다승 공동 1위.

평균 자책점 1위.

최다 이닝 1위.

모든 부문에서 최상위권에 위치해 있었다.

그의 활약 덕분일까?

클리블랜드 역시 중부리그 2위에 오르며 초반 돌풍을 일으켰다.

영웅의 활약은 5월에도 이어졌다.

뻑-!

"스트라이크! 아웃!"

무릎 높이로 들어가는 패스트볼.

이 공으로 오늘 4개의 탈삼진을 잡아냈다.

'제길, 어떻게 저렇게 절묘한 코스로 공을 던지는 거지?'

그 모습을 유심히 지켜보는 선수가 있었다. 잭슨이었다.

4월 동안 그는 죽을 쒔다. 위기감을 느꼈다.

언제든지 마이너리그에 떨어질 수 있다.

그런 생각이 들었다. 그렇기에 지금 상황을 벗어나려 노력했다.

그 노력 중 하나가 바로 영웅을 관찰하는 것이었다.

뻑-!

"스트라이크!"

다음 타자를 상대로도 초구 스트라이크를 잡았다. 이번에는 바깥쪽 낮은 코스로 들어가는 종 슬라이더였다.

변화구인데도 정확한 코스로 공이 들어갔다.

'구속도 좋지만 제구력도 좋다. 어떻게 하는 거지?'

영웅과 잭슨의 평균 구속은 3마일이 차이 난다.

잭슨이 더 빠르다.

하지만 제구력은 비교할 수 없다. 영웅이 압도적이다. 그 방법이 궁금했다.

4장
누구나 실수를 한다

경기가 끝나고 영웅이 집에 도착했다.

늦은 시간이지만 한혜선은 잠을 자지 않고 있었다.

"왔니?"

"네, 늦었는데 왜 안 주무시고 계셨어요?"

"졸리지가 않네. 밥은?"

"괜찮아요."

방에 짐을 내려놓은 영웅이 다시 거실로 나왔다. 그리고 혜선의 옆에 앉았다.

"엄마, 우리 이번 주말에 놀러 가요."

"응? 경기는?"

"그날은 휴식이에요."

"그래도 쉬는 게 낫지 않아? 괜히 경기에 지장이 가면……."

"괜찮아요. 멀리는 가지 못해도 주번을 돌리볼 시간은 충분해요.”

영웅이 자리에서 일어났다.

“나가는 걸로 알고 있을게요. 점심에 맛있는 것도 먹고 쇼핑도 좀 해요.”

그러고는 방에 들어갔다. 영웅은 방문을 모두 닫지 않고 거실을 확인했다. 홀로 앉아 있는 한혜선의 얼굴에 미소가 그려지는 걸 보고는 영웅도 웃었다.

‘엄마도 많이 답답했을 거야.’

클리블랜드에 오고 엄마가 집을 나가는 걸 거의 보지 못했다. 나간다 하더라도 가까운 마켓을 가는 게 전부였다. 외출이라고 볼 수 없었다.

그게 마음에 걸렸다. 그래서 일부러 시간을 낼 생각이었다.

까톡-!

그때 메시지가 왔다.

스마트폰을 꺼내 메시지를 확인했다. 예린이었다.

[오늘 승리 놓쳐서 아쉬워요.]

뒤를 이어 이모티콘도 도착했다.

토끼 캐릭터가 울고 있었다. 영웅도 답장을 보냈다.

[경기를 하다 보면 이런 날도 있어. 괜찮아.]

[그래요?]

[응, 승리를 챙기지 못하는 날이 더 많을 때도 있어.]

[그렇구나! 참, 오빠 미국은 지금 밤이죠?]

[응, 이제 막 집에 들어왔어.]

[아! 그럼 어서 주무세요! 괜히 제가 방해했네요. 미안해요!]

또다시 이모티콘이 뒤를 따라왔다.

묘하게 예린의 얼굴과 싱크로가 되는 이모티콘이었다.

[아니야. 매번 신경 써줘서 고마워!]

[(이모티콘)]

마지막으로 토끼가 입술 키스를 날리면서 영어로 굿나잇이 뜨는 이모티콘이 도착했다.

그걸 바라보던 영웅이 흐뭇한 미소를 지었다.

걸스 대기실. 예린이 스마트폰에서 눈을 떼지 않았다.

"누구랑 그렇게 톡해?"

동료 신혜가 물었다.

"응? 영웅 오빠!"

"아−! 그 메이저리그에서 뛰는 야구 선수?"

예전에는 아이돌의 이름이 먼저 나왔다. 하지만 이제는 아니었다. 유명세가 역전된 것이다.

신혜가 예린의 옆에 털썩 앉았다.

"우리 예린이가 드디어 연애를 하는 건가요?!"

"에이―! 그런 거 아니야~"

"아니긴 뭐가 아냐?! 맞는 거 같은데? 어서 불지 못할까!"

"꺄아아악!"

신혜가 예린의 옆구리를 간질였다. 간지러움을 참지 못하는 예린이 비명을 질렀다.

"아, 쫌! 시끄러워! 그만들 좀 해!"

그때 팀의 리더인 효성이 소리쳤다.

나이도 많기에 두 사람은 장난을 그만둬야 했다. 하지만 효성의 공격은 끝나지 않았다.

"예린이, 너. 괜한 스캔들 만들어서 시끄럽게 만들 생각하지 마. 알았어?"

"네……."

"내가 어떻게 여기까지 올라왔는데……."

마지막은 혼잣말이었다. 그렇기에 굳이 대꾸하지 않았다.

'칫……. 누가 스캔들 만든대?'

예린의 입술이 한 치나 나왔다.

위잉―!

그때 스마트폰이 작게 떨렸다.

[그럼 먼저 잘비. 오늘도 파이팅!]

영웅의 메시지를 확인한 그녀는 언제 그랬냐는 듯 얼굴에 미소를 머금었다.

프로그레시브 필드.

잭슨이 복도를 걷고 있었다.

'제길! 오늘도 제대로 던지지 못했어!'

많은 기회를 얻고 있었다. 하지만 좀처럼 기량이 올라오지 않았다.

문제는 제구력이었다. 포심의 구위만 놓고 보면 메이저리그에서도 통한다. 그게 정설이었다.

그러나 제구가 잡히는 데까지 긴 시간이 필요했다.

'하...... 어떻게 해야 할까?'

고민을 거듭하며 걷고 있을 때였다.

"잭슨 말입니다."

자신의 이름이 들리자 걸음을 멈췄다. 조금 열린 문틈 사이로 코치들이 보였다. 그리고 오커닐 감독도 있었다.

'회의 중인가?'

스태프 회의라는 걸 알았다. 선수가 들어선 안 되는 내용들이다. 그렇기에 잭슨이 다시 걸음을 옮기려 했다.

"마이너리그에 내려보내서 다시 한번 조정을 거치는 게 어떨까요?"

다음 들려온 말에 잭슨의 발이 굳었다. 표정도 마찬가지였다.

"이미 충분한 기회를 얻었습니다. 지금은 팀 분위기가 좋으니 괜찮지만...... "

잭슨의 몸이 휘청였다.

'또 마이너리그에서 그 고생을 하라고?'

메이저리그는 천국, 마이너리그는 지옥이다.

실제 선수들이 하는 말이다. 그만큼 대우가 달랐다. 먹는 음식부터 모든 것이 달라진다.

"세 번. 마지막으로 세 번만 더 기회를 주도록 하지. 만약 그 뒤에도 나아지는 기미가 없다면……."

오커닐의 목소리가 단호하게 변했다.

"내려보내야겠어."

잭슨은 황급히 자리를 떠났다.

목요일.

영웅은 일찍 구장에 나왔다.

여느 때와 마찬가지로 고요한 라커룸이었다.

짐을 놓고 실내 연습장으로 이동했다. 정해진 루틴에 따라 운동을 시작할 생각이었다.

드륵-!

문을 열자 의외의 인물이 와 있었다.

"잭슨, 일찍 나왔네?"

잭슨이었다. 원래라면 자신이 한창 운동을 하고 있을 때 와야 하는 잭슨이다. 한데 오늘은 일찍 나왔다.

"어."

간단한 대답이 들려왔다.

"그럼 운동 열심히 해."

그러고는 스트레칭 룸으로 들어갔다.

전신 거울 앞에 선 영웅은 헤드폰을 귀로 가져갔다.

"저……."

그때 잭슨이 다가왔다.

"응?"

"같이 운동해도 될까?"

잭슨의 말에 영웅은 놀랐다.

불과 며칠 전까지만 하더라도 잭슨은 자신을 무시했다. 차
갑게 대했다. 그래서 가까워질 수 없는 팀원이었다.

한데 먼저 다가왔다. 무슨 변화인 걸까? 그것까지 묻기에
는 아직 친하지 않았다.

"뭐, 상관없어."

영웅은 대수롭지 않게 대답했다. 같이 운동을 하는 거야
문제 될 게 없었다.

"고마워."

잭슨이 감사 인사를 했다. 그것도 의외였다. 오늘따라 이
상한 잭슨이었다.

영웅은 피식 웃고는 헤드폰을 썼다. 곧 신나는 음악이 귀
를 파고들었다.

"후우ー!"

깊게 숨을 내쉬고 스트레칭을 시작했다.

정성스럽게 신체 부위 하나하나를 풀어주있나.

옆에서 잭슨이 그걸 보고 따라 했다. 처음에는 어설픈 움직임이 나왔지만 곧 능숙하게 따라 할 수 있었다.

'은근 신경 쓰이네.'

말을 걸거나 하는 건 아니다.

하지만 분명 신경이 분산됐다.

'집중하자, 집중!'

영웅이 정신을 집중했다. 시야가 좁아졌다. 이내 잭슨의 모습도 눈에 들어오지 않았다.

영웅은 자신이 해야 될 운동에 전념했다.

잠시 후, 잭슨은 바닥에 널브러져 있었다.

영웅은 음료수를 마시며 그런 잭슨을 내려다보고 있었다.

"푸하-! 마실래?"

"헉…… 헉……."

대답도 하지 못하는 잭슨이었다.

영웅은 옆에 있는 머신에 앉았다.

"그런데 무슨 일이야? 네가 날 따라 하다니. 무슨 일이라도 있었어?"

질문에 잭슨이 손을 들었다. 잠시만 기다려 달라는 제스처였다.

"하아……. 후우……."

곧 호흡을 정리한 잭슨이 상체를 일으켰다. 영웅이 다시 한번 음료수를 건넸다. 이번에는 받았다. 그러고는 단숨에 음료수를 들이켰다. 1/3이나 비운 뒤에야 잭슨이 음료수 병을 내려놓았다.

"하아—! 이제야 살 거 같네. 네 운동은 봤을 때는 그리 어려워 보이지 않는데 막상 해보니까 장난이 아니네."

영웅이 미소를 지었다.

자신 역시 그렇게 생각했었다. 꿈의 그라운드에서 그들이 가르쳐 주었을 때 말이다.

"아까 나한테 물었지? 무슨 일이 있냐고."

"응."

"일…… 있지. 그것도 아주 큰일."

잭슨이 상체를 뒤로 기울였다. 팔로 땅을 짚고 상체를 지탱했다.

"이대로 가면 나…… 마이너로 강등된다."

"음……."

"알고 있었나 보네? 하긴…… 내 성적이면 언제 강등이 되도 이상할 게 아니지."

영웅은 아무 말도 하지 못했다. 섣부른 위로는 독이 될 수도 있으니까.

"예전에 윌슨이 그런 이야기를 했다. 네가 공을 던지는 걸 잘 보라고 말이야. 배울 게 많다는 이야기도 했지. 당시에는 그 이야기가 무슨 말인지 몰랐다. 그건 지금도 마찬가지야."

잭슨의 시선이 영웅에게 향했다.

"그래서 널 따라 하는 거다. 너에게서 배울 수 있는 게 민

지 알고 싶어서 말이야. 뭐, 간단히 말하면 마지막 발버둥이
라고나 할까?"

자조적인 미소를 짓는 그를 보며 영웅은 아무 말도 하지
못했다.

마이너리그가 힘들다는 건 영웅도 잘 알았다. 또한 잭슨은
재능도 있다. 분명 메이저리그에서 던질 수 있는 가능성을
가지고 있었다.

하지만 그를 도와줄 방법을 알지 못했다. 그렇기에 그저
묵묵하게 그를 바라볼 뿐이었다.

훈련은 실내에서만 하는 게 아니었다.

캐치볼, 투구 훈련 등 많은 훈련이 그라운드에서 이루어
졌다.

이때부터는 주변에 동료가 많아진다.

선수들, 구단 직원들.

대부분 주변의 훈련에 신경을 쓰지 않는다. 그저 자신들이
할 일들을 한다. 간혹 수다를 떨거나.

영웅도 마찬가지였다. 평소처럼 캐치볼을 하며 어깨를 달
구었다. 다른 점도 있었다. 맞은편에 있는 대상이 잭슨이란
것이다.

그 모습을 본 몇몇 선수가 걸음을 멈췄다.

"쟤네들 사이 안 좋지 않았어?"

"그러게 말이야."

윌슨도 두 사람을 발견하고는 놀랐다. 하지만 이내 훈련에 전념했다.

'벼랑 끝에 몰린 인간은 어떻게든 살아남으려 하지.'

자신처럼 말이다.

금요일. 영웅이 마운드에 올랐다.

[강, 오늘 경기 두 번째 위기를 맞이합니다.]

[타이거즈의 타자들이 그의 변화구를 공략하고 있어요. 바뀐 그의 패턴을 분석한 것으로 보입니다.]

[원 아웃 풀카운트에서 8구 던집니다.]

영웅의 손을 떠난 공이 빠르게 날아왔다.

타자의 허리가 돌아갔다.

하지만 배트는 나오지 않았다.

그 순간 공의 속도가 줄어들더니 급격하게 궤적이 떨어지기 시작했다.

'체인지업!'

판단을 내린 타자의 스윙이 멈췄다.

퍽-!

"볼! 베이스 온 볼!"

[또다시 변화구를 골라내는 타이거즈. 모든 베이스에 주자들이 들어찹니다.]

[악력이 떨어지면서 변화구가 제대로 구사되지 않고 있습니다. 이쯤에서 교체를 해줘도 나쁘지 않을 거 같네요.]

[오커닐 감독이 더그아웃을 나섭니다. 선수들 마운드로 모이는군요.]

7회, 원 아웃 만루.

투구 수는 어느덧 105개를 넘어섰다.

"이야-! 저 녀석들 제대로 분석을 하고 왔는데?"

페르나가 타이거즈 더그아웃을 바라봤다. 뒤이어 오커닐 감독이 마운드에 도착했다.

"고생했다."

그가 손을 내밀었다.

아직 아쉬움이 남았다. 최소한 이 위기를 막아내고 싶은 욕심이 있었다.

하지만 그럴 수 없었다. 타이거즈는 같은 지구의 팀이다. 즉, 순위 싸움을 하고 있다는 뜻이다.

툭-!

영웅이 공을 오커닐의 손에 올렸다.

"뒤는 동료들에게 맡겨."

퍽-!

오커닐이 손바닥으로 영웅의 엉덩이를 툭 때렸다.

짝짝짝-!

더그아웃으로 돌아가는 영웅에게 클리블랜드 팬들의 박수와 함성이 쏟아졌다.

[인디언스의 두 번째 투수로 왼손 투수 페이지 선수가 올

라옵니다.]

척 페이지.

좌투, 사이드암.

메이저리그에서 5시즌을 보내고 있는 투수다.

최고 구속 90마일 초반, 평균 구속 80마일 중후반의 공을 던진다. 원 포인트 릴리스로 주 구종은 싱커다.

즉, 땅볼을 만들어내는 데 탁월한 능력을 가지고 있었다.

[투 볼 투 스트라이크. 유리한 카운트를 잡아냅니다.]

[사이드암이란 특이 폼을 가지고 있어 타이밍을 맞추기 어렵습니다. 파울이 많이 나오는 이유입니다.]

[지금 상황에서 베스트는 땅볼을 만들어내 무실점으로 이닝을 끝내는 겁니다. 그러기 위해선 어떤 공을 던질까요?]

[싱커를 던질 겁니다. 마치 슬라이더처럼 바깥쪽으로 흘러 나가다 몸 쪽으로 휘어 들어오기 때문에 좌타자들의 히팅 포인트를 어긋나게 만들기 좋습니다.]

[과연 싱커가 맞을지. 페이지, 6구 던집니다.]

해설자의 예상대로였다.

페이지는 싱커를 던졌다. 땅볼을 유도해 더블플레이를 노린다. 거기까지도 해설자의 말이 맞았다.

문제는 타자도 같은 생각을 하고 있었다는 거다.

딱-!

경쾌한 소리가 그라운드에 울렸다.

[잘 맞은 타구를 우익수가 쫓습니다. 하지만 담장에 막혀 더 이상 나아가지 못합니다. 그리고 타구는 담장을 그대로

넘어갑니다. 역전 그랜드슬램이 터집니다.]

최악의 결과가 만들어졌다.

[비자책이긴 하지만 강의 올 시즌 최다 실점이 기록되는 군요.]

[첫 패배의 위험도 안게 됩니다.]

[스코어는 4 대 2. 결국 페이지는 여기서 강판이 됩니다.]

클리블랜드는 패배했다.

영웅이 등판했을 때의 첫 패배였다.

언론들이 그것을 다루고 있을 때, 영웅은 어머니와 함께 외출을 했다.

"어제 공 많이 던졌는데 안 피곤해?"

"정말 괜찮아요."

벌써 세 번째 질문이었다. 자신을 걱정해 주는 엄마의 마음이 느껴졌다.

"아, 저기 옷 괜찮네요. 저기 가서 옷 좀 봐요."

영웅은 한혜선을 리드했다.

평소 엄마의 성격이라면 옷을 사는 것도 꺼려 할 것이다. 실제 쇼핑 초반에 한혜선은 남성복 코너에 더 오래 머물렀다. 영웅이 억지로 끌고 여성복 매장으로 갔다.

어릴 때도 그랬다. 본인은 매번 다음에, 다음에를 말했다. 그러면서 영웅과 수정의 옷을 사서 옷장에 채웠다.

'이제는 내가 해드려야 할 때야.'

다짐한 영웅이 옷을 고르기 시작했다.

"저……."

그때 매장 직원이 다가왔다.

"인디언스의 영웅 강이죠? 사인 한 장만 부탁해도 될까요?"

여기도 클리블랜드다. 영웅을 알아보는 건 당연한 일이었다.

그녀만이 아니었다. 주변을 보니 어느새 사람들이 몰려 있었다.

한두 번 겪는 일이 아니다. 하지만 오늘은 상황이 달랐다. 어머니의 기분 전환을 위해 쇼핑을 나온 것이다. 사인을 해주다 보면 그 시간을 뺏기게 된다.

영웅은 거절을 하려고 했다.

"어서 해주렴."

그때 한혜선의 부드러운 목소리가 들려왔다.

"하지만……."

"엄마 다리가 아파서 저기 카페에서 기다리고 있을게. 알았지?"

한혜선이 쇼핑몰 한쪽에 있는 카페를 가리켰다. 그러고는 대답도 듣지 않고 그곳으로 향했다.

어머니는 자신의 생각을 읽은 것이다.

영웅은 피식 웃고는 점원이 내민 종이를 받았다. 그러자 주변에서 눈치를 보던 사람들이 하나둘 모여들기 시작했다.

바빠진 아들을 보며 한혜선이 미소를 머금었다.

'저렇게 많은 사람에게서 사랑받게 됐구나.'

한국에서의 인기는 알고 있다.

주변 사람들이 이야기를 해주고 TV를 통해서도 볼 수 있었으니까.

하지만 여기는 미국이다. 영웅과는 전혀 상관없던 나라의 사람들이 아들을 사랑해 주고 있었다.

'기특하다, 내 아들.'

많은 돈, 좋은 옷, 좋은 집.

그런 것들도 중요했다.

그러나 한혜선이 가장 기쁜 건 아들이 사랑받는 것이었다.

그녀는 따뜻한 커피를 마시며 지금의 기쁨을 누렸다.

영웅이 다시 마운드에 섰다.

상대는 로열스였다.

"후우……."

[7회 초, 강영웅 선수 원 아웃을 잡아낸 상황에서 안타를 허용했습니다.]

[타이거즈도 그랬지만 로열스 타자들 역시 강영웅 선수의 변화구를 공략하기 시작했네요.]

작년 시즌, 영웅은 루키였다. 덕분에 제대로 된 전력 분석이 이루어지지 않았다.

하지만 올해는 입장이 달랐다. 그것이 비시즌 기간 나름대로 준비를 했던 이유다.

초반에는 먹혔다.

전승을 이루었다는 게 그 증거다.

그러나 5월이 되자 같은 지구 소속의 팀들이 변화구를 공략하기 시작했다.

'데이터가 그만큼 많이 쌓였다는 거겠지.'

메이저리그는 최고의 무대다.

최고의 선수들, 최고의 스태프들, 그리고 전력과 분석 역시 최고의 전문가들로 구성되어 있다.

'하지만 나 역시 최고가 될 거다.'

영웅이 피처 플레이트를 밟았다.

페르나가 사인을 보냈다. 고개를 끄덕였다.

세트 포지션에 들어갔다. 어깨 너머로 1루 주자를 확인했다. 리드가 길었다. 발이 빠른 주자다. 언제든 뛸 가능성이 있었다.

탁-!

영웅의 발이 홈 플레이트로 향했다. 그리고 빠르게 공을 뿌렸다.

쐐애액-!

타닥-!

주자도 스타트를 걸었다.

딱-!

하지만 타자가 공을 때렸다.

"파울!"

공은 3루 쪽 관중석에 떨어졌다.

"쳇!"

등 뒤에서 혀를 차는 소리가 들려왔다.

'무게중심이 1루 쪽에 있다고 생각했는데.'

영웅은 1루로 돌아가는 주자를 보며 생각했다.

도루를 할 때 무게중심은 중요하다. 2루로 달리는 순간 무게중심이 그쪽을 향해 있다면 추진력을 얻기 쉽다.

반대라면 0.1초라도 느려지게 마련이다.

도루에서 0.1초는 매우 큰 차이다. 그렇기 때문에 그 시간을 줄이기 위해 온갖 노력을 한다.

영웅이 다시 플레이트를 밟았다.

페르나가 사인을 보냈다. 한 번 만에 영웅이 고개를 끄덕였다.

두 사람의 호흡은 이제 완벽하다고 할 수 있었다. 시즌 초에는 변한 영웅의 패턴 덕분에 몇 번 사인을 주고받았다.

하지만 최근에 와서 그럴 일은 없었다.

'이번에도 달리겠지!'

촤악-!

영웅이 빠르게 1루로 몸을 돌렸다. 그리고 공을 던졌다.

주자도 순식간에 슬라이딩으로 귀루를 했다.

퍽-!

"세이프!"

'아이고, 아깝다.'

아주 약간의 차이로 주자를 잡지 못했다. 이후 세 개의 공을 타자와 주자에게 번갈아 가며 던졌다.

퍽-!

"세이프!"

[또다시 세이프입니다. 주자에게 신경을 많이 쓰는군요.]

[득점권에 주자가 있으면 아무래도 부담스럽죠. 하지만 주자에게 너무 많은 신경을 쓰면 제구가 흔들릴 수도 있습니다. 지금과 같은 상황에선 타자에게 더 신경을 써야 합니다.]

[볼 카운트는 원 볼 투 스트라이크입니다. 4구 던집니다. 동시에 주자 스타트!]

딱-!

"파울!"

[하지만 다시 파울이 나오며 주자는 1루로 귀루를 합니다.]

[저런 상황이 제일 짜증 납니다. 2루까지 전력질주를 벌써 세 번이나 했으니 지치거든요.]

사인을 교환한 영웅이 1루 주자를 견제했다.

눈으로 견제하자 리드 폭이 줄어들었다.

그 순간 영웅이 페르나를 향해 공을 뿌렸다.

쐐애액-!

타닥-!

공이 날아가는 순간, 주자가 스타트를 걸었다. 타자의 배트도 돌았다.

그 순간 공이 휘면서 바깥으로 도망쳤다.

후웅-!

배트가 헛돌았다.

퍽-!

공을 받은 페르나가 앉은 상태로 2루를 향해 공을 뿌렸다.

"흡-!"

쐐애애액-!

퍼퍽-!

공을 받은 파렐이 그대로 주자를 태그했다.

"아웃!"

[도루 실패! 페르나 선수의 앉아쏴가 나왔습니다! 엄청난 어깨로 주자를 잡아냅니다!]

[정말 대단한 플레이가 나왔습니다. 주자를 잡기 위해 바깥쪽으로 빠지는 슬라이더를 던졌는데 타자가 배트를 휘둘러서 아웃이 됐어요. 게다가 페르나 선수의 강견은 정말 일품이었습니다.]

[약속된 플레이로 위기를 벗어나는 강영웅 선수! 7회까지 무실점으로 로열스 타선을 틀어막습니다!]

이날 인디언스는 로열스를 이겼다.

영웅의 리그 성적은 6승 1패가 됐다.

여전히 리그 다승 1위를 지키고 있었다.

5장
중요한 경기

하루를 쉬고 영웅이 구장에 나왔다.

어젯밤, 인디언스는 로열스에서 3 대 1로 패배를 당했다. 덕분에 시리즈 전적은 1 대 2가 되었다.

오늘 밤 시리즈 마지막 경기가 열린다.

'이기면 승률 50퍼센트 달성, 지면 4위가 될 수도 있는 거군.'

중부 지구 순위는 로열스가 1위를 달리고 있었다.

2위는 타이거즈. 현재 3위가 인디언스와 화이트삭스였다. 마지막으로 5위는 미네소타가 지키고 있었다.

화이트삭스는 오늘 밤 경기에서 에이스 투수가 나온다. 반면 인디언스는 3선발 짐 놀란이다.

최근 놀란의 성적은 썩 좋지 않다. 바로 이전 등판에서 5회 3실점을 하며 패전투수가 됐다.

오늘 명예 회복을 누리고 있었다.

'문제는 어제 우리 투수가 많이 소모됐다는 건데.'

영웅은 가볍게 러닝을 하며 어제 경기를 떠올렸다.

어제 밀러가 일찌감치 강판이 됐다. 덕분에 불펜의 소모가 많았다. 윌슨은 아꼈지만 필승조 대부분이 마운드에 올라왔다.

즉, 오늘 경기에 투입될 투수가 적었다.

'잭슨이 간만에 나올 수도 있겠어.'

최근 잭슨의 등판이 없었다. 박빙의 경기가 많았기 때문이다.

드륵-!

그때 문이 열리고 잭슨이 들어왔다.

'호랑이도 제 말 하면 온다더니.'

"강, 같이 운동해도 돼?"

"응."

그날 이후 잭슨은 영웅을 대하는 태도가 많이 부드러워졌다. 덕분에 마음은 편해졌다.

문제는 잭슨이 이렇다 할 답을 찾지 못한다는 것이었다.

같이 훈련을 시작하고 잭슨은 한 번의 등판을 했다. 하지만 거기서도 성적이 좋지 못했다.

이야기대로라면 남은 기회는 2~3번 정도일 것이다.

'그 사람들이라면 어떤 조언을 해줬을까?'

꿈의 그라운드에서 들었던 조언을 떠올렸다. 여러 조언이 떠올랐지만 딱 들어맞는 게 없었다.

'아!'

그때 스치듯 지나가는 한마디가 떠올랐다.

"똑똑한 투수가 되어야 한다."

모데카이 브라운.
세 손가락으로 메이저리그를 호령했던 레전드 플레이어였다.

잭슨이 마운드에 올라왔다.
스코어는 7 대 2로 인디언스가 지고 있었다. 승부의 추는 기울었다. 그렇기에 잭슨을 올린 것이다.
'버린 카드.'
잔인하지만 사실이었다.
또한 버린 카드라고 해서 꼭 나쁜 건 아니었다. 팀의 누군가는 그런 역할을 해야 했기 때문이다.
"흡―!"
뻑―!
"스트라이크!"
잭슨의 초구가 존을 통과했다. 묵직한 소리와 함께 미트에 꽂혔다.
"여전히 공은 묵직하다니까."
영웅이 고개를 돌렸다. 거기에는 페르나기 앉아 있있나.

그 역시 7회에 대타로 교체됐다.

오늘 2루로 달리면서 허벅지에 경련이 일어났다. 그래서 교체를 했다.

경련 같은 건 부상의 축도 아니었다. 실제 페르나는 내일 선발을 그대로 나갈 예정이었다.

"네가 보기에 잭슨의 공은 어때?"

영웅의 질문에 페르나가 잠시 생각을 했다. 그리고 대답했다.

"빠르지, 묵직하고. 단, 주자가 없을 때만."

"응?"

"주자가 있을 때는 공이 달라져."

"그게 무슨 소리야?"

"말 그대로야. 주자가 나가게 되면 무브먼트가 거의 없어져. 저런 투수는 나도 처음 본다."

딱-!

경쾌한 소리가 들렸다.

좌익수 앞에 떨어지는 타구가 보였다.

"때마침 볼 수 있겠네. 자세히 봐."

영웅이 주시했다.

다음 타자를 상대하기 위해 잭슨이 세트 포지션에 들어갔다. 평소와 다를 게 없었다. 눈으로 주자도 견제를 했다.

'견제를 오래 한다.'

"견제를 오래 하지?"

페르나가 물어왔다.

"저 녀석, 주자에게 너무 많은 신경을 쓴다."

영웅은 시선을 돌리지 않았다. 잭슨의 공을 보기 위해서다.

쐐애애액-!

빠른 공이 날아갔다.

홈 플레이트에 도달하는 순간.

딱-!

타자의 배트가 돌았다. 이번에는 중견수 키를 넘기는 큰 안타였다.

1루 주자는 3루까지, 타자 주자는 2루까지 들어갔다.

중요한 건 그게 아니었다.

"정말 공의 무브먼트가 없어졌어."

"그렇지?"

"왜 이걸 말해주지 않았던 거야?"

"내가 왜?"

페르나의 반응에 영웅이 한숨을 쉬었다.

한국이라면 선수가 선수에게 조언을 해주기도 한다.

하지만 이곳은 미국이다. 그런 선수가 아예 없다곤 할 수 없다. 그러나 대부분 알아서 해야 된다고 생각한다.

그게 안 된다면 마이너리그에 내려가면 그뿐이다.

프로라면 그래야 된다.

최소한 페르나는 그렇게 생각하고 있었다.

"코치한테 이야기해야겠어."

"설마 코치들이 모르겠어?"

페르나의 질문에 영웅이 그를 바라봤다.

"우리가 알고 있는 건 코치도 알고 있다. 문제는 시즌 중에 그걸 고치는 건 매우 어려운 일이라는 거지."

시즌 중에 가장 바쁜 건 어찌 보면 코치들이다.

밤늦게까지 회의를 거듭한다. 그만큼 일이 많다는 거다.

유망주 한 명에게 많은 시간을 투자할 수 없었다. 그걸 보완하기 위해 팜 시스템을 만들었다. 마이너리그와 많은 돈을 주고 계약을 한 거다.

"내버려 둬. 마이너리그에 내려가서 한 시즌 보내고 오면 고칠 수 있겠지."

"흠."

마이너리그는 배움의 장소다.

기술부터 마인드까지. 폭 넓게 배울 수 있었다.

'그것도 나쁘진 않겠지.'

딱―!

경쾌한 소리와 함께 잭슨의 고개가 떨어졌다.

2실점.

기회 중 하나가 사라졌다.

잭슨에 대해 신경을 끄기로 결정했다. 너무 많은 생각을 하니 머리가 아플 지경이었기 때문이다.

'간단하게 가자, 간단하게. 녀석이 질문을 하면 거기에 답만 해주면 돼.'

깊게 생각할 이유가 없었다. 지금은 자신의 성적을 신경 써야 할 때였다.

영웅이 스마트폰을 켰다. 인터넷에 접속해 아메리칸리그 순위를 확인했다.

인디언스는 현재 4위였다. 1위 로열스와 승차는 7경기 차이였다.

'너무 많이 벌어지는데.'

다행인 건 2위부터 승차가 3점이었다.

'우리 팀의 역전패가 너무 많다. 역시 불펜이 여전히 약해.'

마무리는 정해졌다. 승리조도 대략적인 윤곽이 드러났다.

문제는 셋업맨이다. 승리조와 마무리로 이어지는 그 하나의 카드. 그것이 여전히 미완성이었다.

'잭슨 녀석이 살아나면 딱인데.'

그래서 도와줬던 거다.

투수조의 마지막 카드가 될 수 있기 때문에.

그렇게만 된다면 지구 우승까지도 노려볼 만한 전력이었다.

"에휴, 됐다."

그러면서 선수 개인의 성적으로 넘어갔다.

아메리칸리그 투수로 한정하자 가장 위에 영웅 강이란 이름이 적혀 있었다.

작년보다 승리를 올리는 페이스가 빨랐다.

문제는 최근 승리가 날아가는 일이 조금 있었다는 것.

'명예의 전당을 노리기엔 아직 부족하다.'

영웅의 목표는 하나였다.

명예의 전당.

그리고 꿈의 그라운드.

그곳으로 가는 것이 영웅의 최종 목표였다.

[인터리그가 시작됐습니다. 강영웅 선수로는 두 번째 내셔 널리그 경기입니다.]

인터리그.

간단히 설명하면 교류전이다. 아메리칸리그와 내셔널리그 의 팀이 대결을 펼친다.

두 리그는 큰 차이점이 있었다.

지명타자 제도다.

아메리칸리그는 지명타자 제도를 도입하고 있었다.

반면 내셔널리그는 그렇지 않았다.

그런 두 팀의 대결이기에 지명타자를 쓰느냐 마느냐를 결 정하는 건 홈이 어디냐에 따라 달라진다.

만약 아메리칸리그 팀의 홈에서 경기가 치러지면 지명타 자 제도가 사용된다.

반대의 경우는 투수가 타석에 서야 했다.

오늘 클리블랜드의 상대는 LA 다저스였다. 내셔널리그의 강호. 그리고 또 다른 한국인 메이저리거가 뛰고 있는 리그 이기도 했다.

[또한 오늘 경기에는 두 한국인 선수의 대결이 예고되고

있습니다.]

현재 메이저리그에서 뛰는 한국인 선수는 총 7명. 트리플 A까지 합치면 11명에 달했다.

투수 쪽에선 영웅의 성적이 가장 좋았다.

타자 중에서는 이용훈이 압도적이었다.

그는 2년 전 메이저리그에 진출했다. KBO에서 4년 연속 타격왕을 기록했고 매년 30개 이상의 홈런을 때려낸 타자로 기대감을 모았다.

첫해에는 큰 활약을 하지 못했지만 작년, 포텐을 터뜨렸다.

타율 2할 9푼 1리.

홈런 22개.

타점 81개로 주전을 차지했다.

올해 역시 이미 9개의 홈런을 때려내며 작년보다 빠른 홈런 페이스를 보여주고 있었다.

"오랜만이다."

이용훈이 원정 팀 라커룸을 찾아왔다.

그와는 세 번째 만남이다. 경기 중에는 만나지 못해도 이렇게 인사는 할 수 있었다.

"잘 지내셨어요?"

"나야 잘 지냈지. 넌 어떠냐? 요즘 성적 봐서는 물어볼 필요도 없을 거 같긴 하지만."

영웅이 미소를 지었다.

"아주 날아다니더만? 그러다가 아주 타이틀 독식하겠어. 부러워 죽겠다."

"선배님도 올해 성적 좋으시잖아요?"

"야야, 내 타율 못 봤냐? 일본 애들이 현미경 야구라고 하는데 얘네들은 더 심해."

"에이-! 그래도 홈런은 작년보다 많으시잖아요."

"흠흠-! 뭐 그건 그렇지. 참, 홈런 이야기가 나왔으니 말이야. 오늘 경기에서 살살 던져라. 나 10개 채우게."

"옙! 최선을 다해 던지겠습니다!"

"야, 살살 던지라니까?"

"전력을 다하겠습니다!"

"아이고, 말을 말자."

"흐흐."

"끝나고 밥이나 먹자. 인근에 한식 맛있게 하는 데 있다."

"예!"

[다저스의 에이스 클레이튼 커쇼 선수가 마운드에 오릅니다. 올 시즌 역시 굉장한 활약을 보여주고 있는 커쇼 선수입니다. 벌써 8승을 올리며 2년 연속 20승을 향해 전력질주를 하고 있습니다.]

2008년 데뷔.

2011년 이후 다저스의 에이스로 활약한 커쇼.

10년이 지났지만 그는 여전히 최고의 자리에 있었다.

[커쇼, 1구 던집니다.]

특유의 폼으로 공을 뿌렸다.

쐐애액–!

뻑–!

"스트라이크!"

[초구가 바깥쪽을 날카롭게 찌릅니다. 원 스트라이크!]

[오늘 경기는 투수전이 될 가능성이 큽니다. 양 팀 타자들이 투수들을 어떻게 공략할지가 포인트라고 할 수 있어요.]

[2구 던집니다.]

딱–!

"파울!"

[배트 밀립니다.]

"후우–!"

크게 한숨을 내쉰 커쇼가 양손을 들어 올렸다. 그만의 전매 특허였다.

[3구 던졌습니다.]

그의 손을 떠난 공이 큰 포물선을 그리며 날아왔다.

타자의 스윙도 시작됐다. 존에 들어오느냐, 마느냐.

커브를 치는 데 결정해야 될 건 이거였다.

'들어오지 않는다!'

파렐은 공이 빠질 거라 예상했다.

그래서 배트를 돌리지 않았다.

퍽–!

"스트라이크! 아웃!"

[환상적인 커브가 스트라이그존을 통파합니다!]

[커쇼 선수의 레인보우 커브가 파렐 선수를 농락하네요.]

첫 타자 삼진.

뻑-!

"스트라이크! 아웃!"

[5구 만에 두 타자 연속 삼진을 잡아내는 커쇼 선수!]

딱-!

픽-!

"아웃!"

[마지막 타자는 내야 뜬공으로 마무리합니다! 삼자범퇴!
완벽한 피칭으로 마운드를 내려옵니다.]

커쇼는 커쇼였다. 오늘도 완벽한 피칭을 선보였다.

마운드와 수비가 교체됐다.

영웅이 더그아웃에서 나오는 순간.

"강! 영! 웅! 강! 영! 웅!"

"우리들의 영웅! 강영웅!"

함성 소리와 함께 응원이 쏟아졌다.

LA는 한국 교민이 많이 거주하는 곳이다. 많은 한국인이
관광을 오는 곳이기도 했다.

그들에게 다저스보다 한국인 강영웅을 응원하는 게 우선
이었다.

'후우-!'

뻑-!

응원을 등에 업고 연습 투구를 시작했다.

[원정인데도 불구하고 마치 홈인 것처럼 열렬한 응원이 쏟

아지고 있습니다.]

[그만큼 인기가 높다는 거죠. 그나저나 오늘 경기 정말 기대됩니다. 미국을 대표하는 에이스 클레이튼 커쇼와 맞대결이라니? 정말 멋지지 않습니까?]

[그렇습니다. 두 투수가 어떤 피칭을 이어갈지 기대됩니다.]

[연습 투구가 끝나고 첫 타자가 들어옵니다.]

리그 최고의 타자.

은퇴 이후 명예의 전당이 예약된 선수.

그런 선수와 맞붙는다는 사실에 가슴이 떨렸다.

경기 전까지만 해도 말이다.

'지금은 오히려 평온하다.'

상체를 숙이고 사인을 받았다.

'이런 기분이 들었던 적이 있었는데…….'

다리를 차올렸다.

'아아…… 기억났다.'

비틀린 상체를 풀면서 다리를 내디뎠다.

부드럽게 투구 폼이 이어졌다.

정확한 릴리스 포인트에서 실밥을 긁었다.

쏴애애액-!

뻑-!

"스트라이크!!"

몸 쪽을 날카롭게 찌르는 포심 패스트볼.

전광판에 97마일이란 구속이 찍혔다.

'퍼펙트게임을 할 때, 이렇게 편안했지.'

공을 다시 받은 영웅이 2구의 사인을 받았다.

[2구 던집니다.]

릴리스 포인트에서 손목을 비틀면서 실밥을 긁었다.

후웅―!

타자의 배트도 시동을 걸었다.

빠르게 날아가던 공이 홈 플레이트 앞에서 변화했다.

빠각―!

묵직한 소리가 들렸다.

방망이의 2/3가 쪼개지면서 3루 쪽으로 날아갔다.

공 역시 3루 관중석으로 떨어졌다.

"파울!"

[타자의 배트가 부러졌습니다.]

[컷 패스트볼로 보였는데요. 마지막 순간 타자의 몸 쪽으로 휘어들어 가면서 손잡이 부근에 맞았습니다.]

배트를 교체한 타자가 다시 타석에 섰다.

볼 카운트 노 볼 투 스트라이크.

페르나의 손가락이 움직였다.

'빠지는 슬라이더.'

고개를 저었다.

'바깥쪽 떨어지는 커브.'

이번에도 저었다.

'바깥쪽 포심 패스트볼.'

고개를 끄덕였다.

최근 영웅은 맞혀 잡는 피칭의 빈도를 높였다. 그래서 거기에 맞는 사인을 보냈다.

'오늘은 조금 다른데.'

영웅이 와인드업을 했다.

평소보다 상체의 비틀림이 더욱 커진 것 같았다. 등번호가 더 확실히 보였다.

쐐애애액-!

후웅-!

영웅이 공을 던졌다. 동시에 타자도 스윙을 시작했다.

뻐억-!

배트가 헛돌았다.

공은 배트의 궤적을 피해 3㎝는 더 높게 들어왔다.

"스트라이크! 아웃!"

[첫 타자를 삼구삼진으로 잡아내는 강영웅 선수! 98마일의 패스트볼에 타자 헛스윙으로 물러납니다!]

[라이징 무브먼트가 제대로 들어갔어요.]

영웅이 마운드에서 몸을 돌렸다.

어깨를 가볍게 돌리는 그의 얼굴에 미소가 그려졌다.

'가볍다.'

이 느낌은 오랜만이었다.

작년 이후 처음인 것 같았다.

이럴 때는 구속이 평소보다 더 좋게 나온다.

실제 영웅의 오늘 구속은 모두 90마일 후반을 찍고 있었다.

올 시즌 처음이었다.

뻑-!

"스트라이크!"

[두 번째 타자를 상대로 던진 초구가 스트라이크존을 통과합니다. 원 스트라이크.]

후웅—!

뻑—!

"스트라이크! 투!"

[커브에 헛스윙! 투 스트라이크가 됩니다.]

페르나가 변화구 사인을 연달아 냈다. 하지만 영웅은 고개를 저었다. 오늘은 왠지 정면 승부를 하고 싶었다.

'포심 패스트볼, 몸 쪽.'

고개를 끄덕였다.

[3구 던집니다.]

쐐애애액—!

'가깝다!'

날아오는 공이 몸 쪽과 너무 가까웠다.

타자가 엉덩이를 뺐다. 그 순간 공의 궤적이 바뀌면서 바깥쪽으로 흘러들어갔다.

뻑—!

"스트라이크! 아웃!"

[두 타자 연속 삼구삼진!]

[투심으로 보이는데요. 마지막 순간 궤적이 가운데로 향했어요.]

타석에 멀뚱히 서 있던 타자가 영웅을 노려봤다.

'분명 포심 회전이었는데.'

투심과 포심의 회전은 다르다. 눈이 좋은 타자라면 그 회전을 볼 수 있다.

분명 포심의 회전으로 공이 날아왔다. 그래서 엉덩이까지 뒤로 빼면서 공을 피했다. 맞을 수도 있을 정도로 몸 쪽으로 공이 날아왔기 때문에.

한데 마지막 순간 투심처럼 휘었다.

'엄청나군.'

타자가 고개를 저었다.

실제 영웅은 포심을 던졌다.

마지막 순간 검지에 조금 더 힘을 줘서 테일링 무브먼트를 극대화시켰다. 덕분에 포심의 회전을 하면서 마지막 순간 투심처럼 휘어서 들어간 것이다.

'손끝의 감각이 좋다.'

어깨가 가벼웠고 감각은 예민했다. 모든 게 완벽한 상황이었다.

"흡ㅡ!"

쐐애애액ㅡ!

뻑ㅡ!

"스트라이크!"

공이 원하는 코스에 정확히 꽂혔다.

힘도 넘쳤다.

쐐애애액ㅡ!

딱ㅡ!

"파울!"

배트가 완벽히 밀렸다. 타자의 얼굴에 당혹감이 나타났다.

분명 완벽한 타이밍에 맞췄다고 생각했다. 그런데도 밀린다. 구위에 눌린 것이다.

[노 볼 투 스트라이크!]

페르나가 사인을 보냈다. 이번에는 변화구가 아니었다. 패스트볼이었다.

바깥쪽 코스.

[이번에도 빠른 승부를 걸지 않을까 싶습니다.]

[3구 던집니다.]

쐐애애액-!

후웅-!

배트가 돌았다.

그 순간 공이 밖으로 흘러 나갔다.

좌타자에게서 멀어지는 공에 타자가 급히 한 손을 놓으며 배트를 길게 뻗었다. 하지만 맞힐 수 없었다.

퍽-!

"스트라이크! 아웃!!"

[또다시 삼구삼진!! 세 타자 모두 삼구삼진으로 돌려세우는 강영웅! 압도적인 투구를 보여줍니다!]

[대단한 피칭이었습니다.]

뻑-!

"스트라이크! 아웃!"

[3회까지 무실점 피칭을 이어가는 클레이튼 커쇼! 탈삼진 5개를 솎아냅니다!]

딱-!

퍽-!

"아웃!"

[강영웅 선수, 아홉 번째 아웃 카운트를 잡아냅니다! 이번 이닝에 두 개의 탈삼진을 기록하며 탈삼진은 6개째!]

경기는 예상대로 투수전이 됐다.

아메리칸리그 최고의 투수.

내셔널리그 최고의 투수.

두 투수의 퍼펙트한 피칭에 사람들이 숨을 죽였다.

"대단하군."

LA 다저스 감독 로버트의 눈에 이채가 나타났다.

작년에 영웅은 메이저리그에 충격을 주며 데뷔 시즌을 치렀다.

동양인 투수가, 그것도 20살이 채 되지 않은 선수가 그런 성적을 올릴 줄 몰랐다.

메이저리그 전체 역사를 보더라도 극히 드문 일이었다.

하지만 많은 전문가가 2년 차에 그가 고전할 거라 예상했다. 분석을 당할 거라 생각한 것이다.

그러나 영웅은 진화했다.

시즌 초반에는 변화구를 활용하며 상대 타자들을 현혹시켰다.

그러자 이번에는 타자들이 그의 변화에 발 빠른 대응을 보였다. 변화구에 적응해 안타를 만들어내기 시작했다.

메이저리그니까 가능한 일이었다.

한데 이제 빅 리그 2년 차인 강영웅은 또다시 패턴을 바꾸었다. 작년의 공격적인 모습으로 말이다.

'신인이라고 볼 수 없는 모습이다.'

적장마저 감탄을 하게 만드는 모습이었다.

뻑−!

"스트라이크! 아웃!"

[3회 말, 첫 타자! 헛스윙 삼진으로 물러납니다!]

또다시 삼진.

최고의 메이저리그 타자들이 저 젊은 투수에게 속수무책으로 당하고 있었다.

4회, 커쇼와 영웅은 각각 세 명의 타자를 돌려세웠다.

커쇼는 퍼펙트, 영웅은 볼넷 1개를 기록한 시점이었다.

5회, 커쇼도 볼넷을 허용했다.

하지만 점수로는 이어지지 않았다.

영웅은 두 개의 삼진을 추가하며 11K를 기록, 마운드를 내려왔다.

커쇼는 57개의 공을 던졌고, 영웅은 60개를 기록했다.

[두 투수 모두 노히트노런 경기를 펼치면서 양 팀 타자들

을 틀어막고 있습니다.]

야구의 꽃은 홈런이다.

이런 말이 있을 정도로 타격전은 사람들이 야구를 보는 데 있어 가장 큰 카타르시스를 준다.

하지만 뛰어난 투수들의 대결은 그에 맞먹는…… 아니, 오히려 뛰어넘는 카타르시스와 긴박감을 줬다.

특히 최근 야구는 점점 타격전이 되어가고 있었다.

전문가들은 타격의 기술은 나날이 발전하지만 투수들의 발전은 그것을 따라가지 못하고 있다 판단을 했다.

그런 평가를 두 투수가 뒤집고 있었다.

딱−!

[빗맞은 타구! 유격수 잡아 1루에! 아웃입니다! 6회마저 무실점으로 막아내고 내려오는 클레이튼 커쇼! 역시 내셔널리그 최고의 투수답습니다!]

[스코어판을 보십시오! 양 팀 통틀어 볼넷 2개를 제외하고는 단 한 개의 안타, 점수, 에러가 나오지 않고 있습니다!]

압도적.

양대 리그를 대표하는 두 투수가 만나자 엄청난 시너지 효과가 일어났다.

−이게 말이 되냐?

−양 팀 통틀어 안타가 하나도 안 나오다니!

−타자들 단체로 수면제라도 먹었냐? 왜 이래?

−클리블랜드는 아메리칸리그 팀 홈런 5위고 LA 다저스는 내셔널

리그 2위임. 타자들이 못하는 게 아니야.

　－투수들이 겁나 괴물인 거지.

　인터넷에는 실시간으로 댓글과 글이 올라왔다.

　모든 야구팬이 LA 다저스와 클리블랜드의 경기에 집중했다.

　한국에서만이 아니었다.

　미국 현지 역시 사람들이 TV와 컴퓨터, 그리고 스마트폰을 이용해서 경기를 관람하고 있었다.

　미국 현지 중계진 역시 지금 상황을 매우 흥미롭게 보고 있었다.

　[클레이튼 커쇼 선수는 언제든지 노-노를 기록할 수 있는 선수입니다. 하지만 강영웅 선수는 다소 의외이지 않습니까?]

　[그렇습니다. 작년 좋은 성적도 남겼고 퍼펙트게임을 기록하기도 했지만 여전히 물음표가 남아 있던 선수였습니다.]

　[하지만 올 시즌 그의 성적을 놓고 보면 여전히 톱클래스의 성적입니다.]

　[무엇보다 현재 최고의 투수라 부를 수 있는 클레이튼 커쇼와 이렇게 대등한 승부를 펼치다니. 정말 대단합니다.]

　뻑－!

　"스트라이크!"

　[97마일의 빠른 공이 바깥쪽 스트라이크존을 통과합니다. 오늘 강의 피칭은 공격적이면서도 리차드 구심의 존을 잘 활용하고 있습니다.]

볼 카운트 투 볼 투 스트라이크.

아웃 카운트는 이미 두 개가 올라가 있는 상황.

페르나가 빠르게 사인을 냈다.

'몸 쪽 포심 패스트볼.'

고개를 끄덕이고 포지션을 잡았다.

'이전에 빠른 템포로 공을 던졌다. 조금 더 템포를 길게 가져가자.'

투수와 타자의 대결은 공을 던지기 이전부터 시작된다.

타자는 준비 자세에서부터 자신만의 방법으로 박자를 잡으며 투수의 공을 공략할 준비를 한다.

"노련한 투수라면 그 박자의 틈새를 파고들어야 된다. 그렇게 되면 제대로 된 타격을 할 수 없게 되지."

영웅은 와인드업을 시작했다.

한데 평소보다 그 속도가 느렸다. 타자의 박자를 조금이라도 뺏기 위함이었다.

다리를 내딛고 허리의 회전이 시작됐다. 여기서는 이전보다 빠르게 회전을 했다. 덕분에 박자를 느리게 조절했던 타자의 박자가 어긋났다.

"흡―!"

쐐애애액―!

공이 빠르게 날아왔다.

타자의 스윙이 한 타이밍 늦게 나왔다.

뻑-!

"스트라이크!! 아웃!"

[또다시 삼진으로 타자를 돌려세우는 강! 6회까지 노-노를 이어갑니다!]

7회 초.

퍽-!

"스트라이크!"

[여전히 좋은 움직임을 보여주는 커브로 카운트를 잡습니다.]

커쇼는 여전했다. 타자들이 7회까지 점수를 내지 못함에도 불구하고 흔들리지 않았다.

그건 영웅 역시 마찬가지였다.

7회 말.

딱-!

[잘 맞은 타구! 하지만 2루수가 빠른 발로 공을 캐치! 바로 1루로 뿌립니다.]

퍽-!

"아웃!"

[좋은 수비로 투 아웃을 잡아냅니다!]

영웅이 손을 뻗어 2루수를 향해 고맙다는 사인을 보냈다.

[7회 투 아웃까지 투구 수가 74개라는 소리는 매우 경제적인 피칭을 했다. 이렇게 말할 수 있습니다.]

[탈삼진도 많이 잡았지만 중간중간 맞혀 잡는 피칭으로 아웃 카운트를 올리지 않았습니까?]

[맞습니다. 오늘 보여주는 강영웅 선수의 피칭은 작년 퍼펙트게임 때를 연상케 합니다.]

하지만 퍼펙트게임은 이미 깨졌다.

남은 건 노히트노런.

영웅이 와인드업을 했다.

"흡-!"

쐐애애액-!

타자의 배트가 돌았다.

후웅-!

그 순간 공이 직각으로 떨어졌다.

타자도 자세를 낮추고 배트의 궤적을 변경했다.

딱-!

경쾌한 소리가 났다.

'큭!'

하지만 타자의 표정은 밝지 못했다. 배트를 쥐고 있던 손이 저렸기 때문이다.

'무슨 공이…….'

7회 말이다.

상대는 70구가 넘는 공을 던졌다. 그런데도 공에 여전히 묵직함이 남아 있었다.

퍽-!

공은 중견수가 앞으로 나오면서 가볍게 잡아냈다.

"아웃!"

[7회 말, 또다시 삼자범퇴로 이닝을 마감하는 깅영웅 신수

입니다.]

양 팀 불펜은 이미 가동 중이었다.

감독들 역시 다음 투수를 이미 생각하고 있었다.

한데 두 투수는 지치지 않았다. 마치 약속이라도 한 듯 8회마저 각각 두 개씩 탈삼진을 기록하며 마운드를 내려왔다.

영웅은 14개의 탈삼진을, 커쇼는 13개의 탈삼진을 각각 기록했다.

투구 수는 영웅이 87개, 커쇼가 84개를 던지고 있었다.

그리고 타석은 하위 타선으로 이어졌다.

퍽-!

"스트라이크!"

[투 스트라이크, 슬라이더로 카운트를 잡는 커쇼입니다. 대기 타석에는 강영웅 선수가 대기하고 있네요.]

[앞서 두 타석에서는 스탠딩삼진으로 물러났는데요. 세 번째 타석에서는 어떨지 궁금해집니다.]

딱-!

[4구를 때렸습니다. 하지만 우익수 정면으로 날아가는 타구, 약간 뒤로 물러나 안정적으로 공을 잡습니다. 원 아웃!]

타석으로 영웅이 들어섰다.

내셔널리그이기에 볼 수 있는 장면이었다.

[강영웅 선수는 고교 시절에도 타석에 선 경우는 별로 없

지 않습니까?]

[그렇습니다. 기록을 찾아보니 100타석도 기록하지 않았어요. 거의 대부분 투수로만 경기에 나섰다는 이야기죠.]

[커쇼 선수의 공을 제대로 때려내긴 어려움이 있겠네요.]

[상식적으로 그렇습니다만 야구란 어떻게 될지 아무도 모르는 스포츠입니다.]

퍽-!

"스트라이크!"

[떨어지는 커브에 반응하지 못하는 강영웅 선수.]

[대기록을 진행하고 있을 때 감독은 그냥 배트를 돌리지 말고 들어오라는 주문을 하기도 합니다. 강영웅 선수도 그런 주문을 받았을 수도 있습니다.]

아니었다.

오커닐은 영웅에게 아무 주문도 하지 않았다. 말조차 걸지 않았다. 그저 그에게 맡길 뿐이었다.

그만큼 오커닐은 영웅을 믿고 있었다.

[카메라에 잡힌 강영웅 선수, 무슨 이야기를 하고 있는 거 같은데요.]

[주문을 외우기라도 하는 걸까요?]

이번에도 틀렸다.

영웅은 주문을 외우는 게 아니었다.

"스윙에서 필요한 건 다양하다. 하지만 가장 필요한 건 때리겠다는 마음이다."

그는 누군가 했던 말을 떠올리며 입으로 뱉고 있었다.

그 말을 했던 사람은 베이브 루스.

전설의 홈런왕이었다.

딱-!

"파울!"

[두 번째 공을 파울로 만들어냅니다. 오늘 경기 처음으로 스윙을 하네요.]

꿈의 그라운드에 갔을 때.

많은 레전드 플레이어에게 기술을 전수받았다.

대부분 투수였다.

잭이 투수였기에 당연히 그렇게 됐다.

하지만 간혹 타자들이 다가와 이야기를 할 때도 있었다.

"투수라도 타격을 하게 될 때가 있다. 그게 아니더라도 타자의 기술을 알고 있으면 투구에 도움이 될 거다."

그 말을 듣고 그들이 알려주는 것들을 배웠다.

직접적인 훈련은 하지 않았다.

비중도 투구보다 낮게 됐다. 투수의 기술을 배우는 것만 해도 힘겨웠으니까.

그러나 그들의 이야기는 여전히 영웅의 머릿속에 남아 있었다.

딱-!

"파울!"

[좋은 타구! 하지만 3루 라인을 벗어납니다!]

[강영웅 선수의 스윙이 나쁘지 않네요. 조금씩 타이밍이 맞아가고 있습니다.]

딱–!

"파울!"

[3구 연속 파울! 커쇼 선수를 괴롭히고 있습니다!]

영웅이 타석에서 물러났다.

가볍게 배트를 돌리며 타이밍을 점검했다.

"빅 리그에서 야구를 하다 보면 네가 타격을 해야 할 때가 온다. 그럴 때는 네가 공을 던진다고 생각을 해봐. 어떤 녀석이 짜증 나는지 말이야."

영웅은 생각했다.

자신이 공을 던질 때 가장 짜증 났던 순간을.

'파울이 계속 났을 때지.'

또 생각했다.

'투수한테 공을 많이 던질 때도 짜증 났었어.'

그때 어떻게 했던가?

'정면 승부를 걸었다. 칠 테면 쳐 봐라는 심정으로.'

타석에 섰다.

사인을 교환하는 커쇼를 보며 생각을 정리했다.

'투수와 투수의 대결은 자존심 대결이다. 하물며 리그 최고의 투수라면……'

피하지 않을 것이다

와인드업을 한 커쇼가 다리를 내렸다가 다시 내디뎠다.

쐐애애액-!

공이 빠르게 날아왔다.

영웅의 스윙도 시작됐다.

예상대로였다. 커쇼는 바로 승부구를 던졌다. 덕분에 공과 배트의 궤적이 하나가 되었다.

"공을 멀리 보내기 위해서 뭐가 중요한지 알아? 임팩트 순간 공에 밀리지 않게 힘을 주는 거다. 찰나의 순간이지만 이걸 해주느냐 아니냐에 따라서 비거리가 결정된다."

'끝까지!!'

영웅이 팔로우 스루를 끝까지 하며 스윙을 끝냈다.

[쳤습니다! 높게 뜬 타구!]

[어…… 이거 좀 큰데요.]

사람들이 하나둘 자리에서 일어났다.

영웅은 1루로 달려가며 배트를 놓았다.

[좌익수 뒤로! 뒤로! 뒤로!]

고개를 들어 타구를 좇았다.

새하얀 공이 담장을 넘어가는 게 보였다.

[넘어갔습니다! 메이저리그 진출 처음으로 홈런을 기록하는 강영웅 선수!! 그것도 9회! 커쇼 선수에게! 노히트노런을 깨며 기록합니다!]

믿을 수 없는 일이 벌어졌다.

다저스가 발 빠르게 움직였다.

기록이 깨진 상황에서 커쇼로 밀고 나갈 이유가 없었다.

[다저스의 마운드가 교체됩니다.]

[아직 투구 수에는 여유가 있습니다. 하지만 이 이상의 실점은 위험하다. 커쇼로 끌고 가면 더 실점을 할 수 있다. 이렇게 판단을 한 거 같습니다.]

덕분에 영웅은 휴식 시간을 가질 수 있었다.

호흡을 가다듬고 흥분을 가라앉히려 노력했다.

"후우…… 후우…… ."

아직 시합은 끝나지 않았다. 흥분은 투구에 독이 된다. 하지만 쉴 시간은 그리 길지 않았다.

빽-!

"스트라이크! 아웃!"

[두 번째 아웃 카운트가 올라갑니다!]

남은 아웃 카운트는 하나.

영웅이 글러브를 손으로 잡았다. 경기를 끝낼 시간이 다가오고 있었다.

딱-!

[높게 뜬 타구! 우익수, 달려 나오면서 가볍게 잡습니다. 쓰리 아웃! 하지만 이번 이닝, 투수 강영웅 선수가 솔로 홈런을 기록하며 드디어 0의 균형을 깼습니다!]

영웅이 더그아웃을 걸어 나갔다.

그의 뒤로 관중들의 박수가 쏟아졌다.

마운드에 선 영웅이 다저스 타자들을 바라봤다.

[9회 말, 경기를 끝내기 위해 강영웅 선수가 마운드에 다시 올라왔습니다.]

[가장 조심해야 될 순간입니다. 마지막 공격이다 보니 타자들의 집중력이 높아졌을 겁니다.]

로진을 손에 묻힌 영웅이 피처 플레이트를 밟았다.

[반대로 강영웅 선수의 체력은 많이 떨어진 상황입니다. 게다가 이전 퍼펙트게임이나 9이닝 경기를 봤을 때 마지막 이닝에서 타자들에게 맞는 모습을 자주 연출했습니다.]

[확실히 퍼펙트게임 때 9회 수비들의 도움이 없었으면 위험했던 순간들이 있었죠.]

영웅이 와인드업을 했다.

[이번 이닝 조심하지 않으면…….]

뻑-!

"스트라이크!!"

[초구부터 스트라이크존에 꽂아 넣는 강영웅 선수!]

뻑-!

후웅-!

[2구, 바깥쪽 코스에서 흘러나가는 투심성 볼에 배트 헛돕니다!]

후웅-!

뻑-!

"스트라이크! 아웃!"

[삼구삼진! 첫 번째 아웃 카운트를 떨어지는 고속 슬라이더로 잡아냅니다!]

영웅이 깊게 숨을 내쉬었다.

몸을 돌린 그의 모습에서는 직전 홈런을 때린 선수의 흥분이 보이지 않았다.

작년 이미 경험을 했었다.

퍼펙트게임을 할 때 위험했던 순간들을.

한 번 실전을 겪었던 상황이기에 영웅은 더욱 공격적으로 나섰다.

'기록은 깨져도 좋다. 대신 어설픈 공은 던지지 말자.'

기록을 의식하지 않는다고 말하지 못한다.

하지만 영웅은 거기에 집착하지 않았다.

맞으면 맞는 거다. 그렇게 생각을 하고 공을 던졌다.

'공 하나하나에 집중하자.'

두 번째 타자가 타석에 섰다.

쐐애애액-!

딱-!

"파울!"

[초구 3루 관중석에 떨어집니다.]

딱-!

"파울!"

[두 번 연속 3루 라인을 벗어나는 파울!]

[대단하네요. 타자가 타이밍을 제대로 맞추지 못하고 있습니다.]

'몸 쪽 슬라이더.'

페르나의 사인에 영웅이 고개를 끄덕였다. 와인드업과 함께 팔을 빠르게 돌렸다.

쐐애애액-!

몸 쪽을 파고드는 공에 타자의 상체가 뒤로 빠졌다.

자세가 무너지는 순간, 공이 부메랑처럼 날아 스트라이크 존을 파고들었다.

펑-!

순간 정적이 흘렀다.

곧 구심이 다이내믹한 폼과 함께 콜을 외쳤다.

"스트라이크! 아웃!!"

[기가 막힌 슬라이더가 들어갑니다! 투 아웃!]

[타자가 깜짝 놀라 자세가 무너질 정도의 변화구였습니다. 9회에 이런 공을 던질 수 있다니…….]

비시즌 기간, 영웅은 체력을 늘리기 위해 온갖 노력을 했다.

그 덕분일까?

9회가 되었지만 여전히 공을 원하는 코스에 넣을 수 있었다.

[다저스, 대타를 세웁니다. 부상으로 선발에서 빠지고 있던 콜 선수가 올라옵니다.]

[올 시즌 17개의 홈런을 때려냈고 작년 시즌 42개의 홈런을 때려낸 선수입니다. 부상이라고는 하지만 조심스럽게…….]

홈런 타자가 나왔다.

'그게 뭐?'

영웅이 와인드업을 했다.

쐐애애액-!

뻐억-!

"스트라이크!!!"

영웅은 타자가 누구건 개의치 않았다. 그저 자신의 공을 던질 뿐이었다.

딱-!

"파울!!"

맞으면 어쩔 수 없다.

하지만 오늘만큼은 내 공이 담장 밖으로 나가는 일은 없을 것이다.

영웅은 그렇게 판단을 내렸다.

딱-!

"파울!"

[2구 연속 파울! 1루와 3루로 한 번씩 타구를 날려 버리는 콜입니다!]

공을 받은 영웅이 로진을 손끝에 묻혔다. 그리고 다시 플레이트를 밟았다.

그사이 페르나는 생각을 정리하고 있었다. 더그아웃에서 사인을 받았다. 하지만 그걸 결정하는 건 페르나의 권한이다.

투수의 상황은 시시각각 변한다. 더그아웃에서 그것을 체크하는 경우도 있지만 그러지 못하는 경우도 있다. 그렇기에 최종 선택은 페르나와 영웅에게 맡겨진다.

'지금은 승부를 해야 된다.'

페르나는 영웅의 생각을 읽었다.

그의 공에 망설임이 없다.

그는 싸우고 싶어 한다.

마치 투사처럼 말이다.

이런 상황에서 승부를 피하는 사인을 냈다?

있을 수 없는 일이었다.

파트너의 기세를 스스로 꺾을 생각은 없었다.

'바깥쪽, 패스트볼.'

영웅의 입가에 미소가 그려졌다.

[강영웅 선수, 와인드업!]

비틀린 상체가 일순간 회전을 시작했다.

[100구째 공! 던집니다!]

쐐애애액-!

그의 손을 떠난 공이 매서운 속도로 날아갔다.

볼 카운트는 투 스트라이크.

비슷한 코스면 타자의 배트가 나와야 했다. 그렇기에 콜은 스윙을 시작했다.

후웅-!

먹이를 노리는 맹수처럼 배트가 매섭게 돌았다.

그 순간 먹이인줄 알았던 공이 약삭빠르게 바깥쪽으로 도망쳤다. 그런데 완전히 도망치지 않고 배트의 약한 부분을 강타했다.

빠각-!

배트의 끝에 공이 맞았다.

[두 동강이 난 배트! 타구가 높게 뜹니다!]

타구를 본 영웅이 양팔을 벌렸다.

"마이!"

콜을 외친 그가 마운드 위에서 글러브를 높게 들었다.

퍽-!

공이 그 안으로 들어왔다.

"아웃!"

[쓰리 아웃! 강영웅 선수! 메이저리그 진출 첫 노히트노런을 달성합니다!!]

**6장
전반기가 끝나다**

경기 후.

영웅은 미디어센터에 앉아 있었다.

메이저리그는 시합이 끝나면 기자들과 인터뷰를 갖는다.

그 자리에는 그날 경기의 MVP 선수와 감독이 참여를 한다.

오늘 경기의 MVP는 단연 영웅이었다. 기자들의 관심 역시 그에게 쏟아졌다. 많은 질문이 쏟아졌고 침착하게 대답을 했다.

인터뷰가 진행되고 있을 때.

인터넷에서는 엄청난 반응이 쏟아지고 있었다.

최성재는 그런 반응을 실시간으로 체크하는 중이었다.

-오늘 경기는 강영웅 혼자 한 거나 마찬가지다.

-이게 말이 되냐?

－내 눈으로 봤지만 믿을 수가 없어.

－노히트노런에 1홈런, 그것도 결승 홈런이라니…….

대부분 믿을 수 없다는 반응이었다.

최성재 역시 마찬가지였다.

'때로는 영화보다 더 영화 같은 일이 벌어지는 세상이지.'

인터뷰를 하는 영웅의 모습을 보며 최성재가 미소를 지었다.

최성재는 한국 기사도 체크했다. 벌써부터 해외 야구 탭에 영웅의 기사가 올라와 있었다.

그중에 메인에 뜬 기사의 제목에 웃음이 나왔다.

[혼자서 다 한 강영웅.]

정말 혼자서 다 했다.

첫 번째 인터리그에서 클리블랜드는 위닝 시리즈를 만들었다.

가벼운 발걸음으로 클리블랜드로 돌아왔다.

집에 도착한 영웅을 엄마와 누나가 반겨주었다.

"고생했지?"

"어서 와!"

두 사람의 얼굴을 보자 피로가 풀렸다.

"짐 풀고 내려오렴. 금방 밥해줄게."

"네."

방에 짐을 푼 영웅은 옷을 갈아입었다.

까톡-!

그때 메신저가 울렸다.

"예린이네."

메시지를 보낸 사람은 예린이었다.

[오빠, 뭐 해요?]

[지금 막 집에 도착했어.]

[오빠 경기 잘 봤어요! 정말 멋졌어요!]

이모티콘은 여전히 빼놓지 않는 예린이었다.

[참, 오빠. 저 이번에 시구하게 됐어요!]

[시구?]

[네! 트윈스와 베어스 경기인데! 거기서 시구할 거예요! 인터넷
에 영상도 올라갈 거니까! 나중에 봐 주세요!! 헤헤.]

예린이 속한 그룹 걸스는 한국에서 인기가 많다.

시구가 있다 해서 이상할 것도 아니었다.

[응, 꼭 볼게! 혹시 궁금한 거 있으면 언제든지 물어봐.]

[앗! 정말요? 그럼 저 폼이나 그런 것 좀 알려주면 안 될까요? 제가 동영상 보내드릴게요! 수정할 곳이 있으면 알려주세요. ㅠ ㅠ]

[알았어. 영상 보내면 보고 말해줄게.]

"영웅아! 밥 다 됐어!"

누나 목소리에 폰을 가지고 방을 나섰다.

까똑-!

주방으로 향하면서도 영웅은 폰을 손에서 놓지 않았다.

그 모습을 보는 수정의 눈이 가늘게 떠졌다.

"에헤~ 누구랑 대화하는데 그렇게 집중을 하고 있으신가?"

"응? 예린이."

"예린…… 예린……. 어디서 들어봤는데."

수정은 바로 걸스의 예린을 떠올리지 못했다. 왜냐하면 그녀는 연예인이기 때문이다. 영웅도 유명인이지만 그전에 동생이었다.

"누나도 알걸? 걸그룹 중에 걸스라고 있잖아."

"아악! 정말?! 그 예린이야?!"

"응."

대수롭지 않게 대답하며 영웅이 동영상을 재생했다.

실내 연습장에서 공을 던지는 예린의 모습이 영상 속에 담겨 있었다.

'고쳐야 될 곳이 한두 군데가 아니네.'

"뭔데? 뭔데?"

수정이 궁금한지 어깨 너머로 영상을 봤다.

"웅? 예린이가 왜 공을 던지고 있어?"

"이번에 시구한다던데?"

"오호~ 연습 열심히 하네."

"나한테도 공을 어떻게 던지면 되는지 조언해 달라고 하더라구."

"하긴 요즘 시구 제대로 하면 그것만으로도 이슈가 되니까."

"그래?"

"몰랐냐? 시구 제대로 하면 그것만으로도 연예인들은 이슈가 되잖아. 특히 여자 연예인들은 그거 한 방으로 뜨는 애들도 많다."

"그렇구나."

한국 야구를 보더라도 시구는 신경 쓰지 않던 영웅이다.

그래서 그런지 영웅은 시구와 관련된 것에 대해서 잘 몰랐다.

"자, 밥 먹자."

"오-! 김치찌개!"

"잘 먹겠습니다."

"많이 먹으렴."

엄마의 김치찌개는 여전히 일품이었다.

다음 날.

영웅은 침대에 누워 스마트폰을 하고 있었다.

"연예인 시구."

검색어를 입력하자 다양한 동영상이 떴다.

그중에 하나를 클릭했다. 여자 가수의 시구였다. 나름 연습을 했는지 괜찮은 폼으로 공을 던졌다.

퍼퍽-!

하지만 원 바운드가 되었다. 방향도 올바르지 못했다. 포수가 일어나 재빠르게 공을 받아야 될 정도였다.

"다른 건……."

다른 영상들도 확인했다.

공을 패대기치는 시구, 그물망에 다이렉트로 꽂히는 시구, 심지어는 시타자에게 공이 날아가는 일도 있었다.

약간 실망감을 안은 채 다음 시구를 확인했다.

"응? 이 사람은 마운드에서 던지네."

대부분의 여자 시구자는 마운드 앞에서 던졌다.

한데 이 여자 시구자는 마운드 위에 서 있었다.

폼도 괜찮았다. 와인드업을 하는 모습이 안정적이었다. 다리를 내딛는 것 역시 좋았다.

허리를 고정시키면서 상체를 회전시켰다. 오른팔이 어깨 뒤에서 날아와 제대로 공을 뿌렸다.

팡-!

[멋진 시구였습니다!]

정말 멋진 시구였다.

구속은 90㎞/h 전후로 보였다.

인상적이었던 건 제대로 된 메커니즘으로 공을 던졌다는 점이다.

"이렇게 던지는 사람도 있네."

댓글도 확인했다.

지금까지 봤던 시구들 중 가장 많은 댓글이 달려 있었다.

그중 대다수가 칭찬이나 호의적이었다.

"예린이가 신경 쓰는 이유를 알겠네."

한 번의 이벤트지만 제대로만 한다면 매우 좋은 홍보 수단이 될 거 같았다.

"그렇다면……."

영웅이 자리에서 일어났다.

지방 공연을 끝낸 예린은 서울로 향하고 있었다.

"예린이는 올라가서 바로 시구 연습할 거야."

"네~"

"연습 열심히 해서. 이번에 잘 던져 봐. 요즘 활동도 뜸해서 그런지 우리 인지도가 좀 내려갔더라."

비활동 기간 아이돌 그룹의 인지도는 내려갈 수밖에 없다. 그렇기에 지방 공연이나 시구 행사 같은 다양한 활동을 한다.

앨범 활동이 끝났다고 해서 쉬는 건 상위 0.1퍼센트의 그룹만이 누릴 수 있는 특혜였다.

까톡-!

그때 메신저가 울렸다.

메시지를 확인한 예린의 입가에 미소가 그려졌다.

"응? 동영상이네?"

"응, 영웅 오빠가 투구 동작을 찍어서 보내줬어."

"에헤-! 지극정성이네."

영상은 매우 자세하게 되어 있었다.

부분 동작과 조심해야 될 부분이 잘 설명되어 있었다.

'힘내서 연습할게요!'

예린이 작게 다짐을 했다.

다음 날.

영웅이 마운드에 올랐다.

오늘 등판을 끝으로 5월 일정이 마무리된다.

현재 영웅의 승패는 8승 1패였다.

아메리칸리그 1위, 메이저리그 전체 2위에 올라 있었다.

평균 자책점은 1.40으로 아메리칸리그 1위, 탈삼진은 85개로 이 역시 아메리칸리그 1위에 해당하는 기록이었다.

[사이영 상에 도전하는 강영웅 선수가 마운드에 오릅니다.]

사이영 상, 리그 MVP 등.

선발 투수가 가질 수 있는 모든 타이틀에 영웅은 도전 중이었다.

고공 행진 중인 영웅의 성적과 달리 클리블랜드는 여전히 지구 4위의 성적을 내고 있었다.

오늘 경기에서 이긴다면 3위까지 노려볼 수 있는 상황.

팡—!

"스트라이크!"

[컨디션이 좋아 보이는 강영웅 선수, 초구부터 스트라이크를 잡습니다.]

[오늘 경기에서 승리한다면 클리블랜드는 4위, 강영웅 선수는 메이저리그 전체 다승 1위에 오르게 됩니다.]

커쇼의 등판이 우천 취소로 하루 밀렸다.

덕분에 1위에 오를 기회가 찾아왔다.

하지만 영웅은 신경 쓰지 않았다. 애초 모르기도 했지만 경기 도중 그런 잡다한 생각을 하는 성격이 아니었다.

"후우—!"

한숨을 뱉은 영웅이 다리를 차올렸다. 상체를 비튼 그가 어깨 너머로 포수의 미트 위치를 다시 한번 확인했다.

바깥쪽 낮은 코스.

회전을 풀면서 다리를 뻗어 있는 내디뎠다.

몸이 쑥 꺼지는 느낌과 함께 곧 마운드를 디딜 수 있었다.

후웅—!

상체를 돌리자 바람 소리가 귓가를 스치고 지나갔다.

뒤이어 팔을 돌렸다.

그의 오른손이 엉덩이를 지나 허리, 가슴, 귀 옆을 스치고 빠르게 앞으로 나아갔다.

릴리스 포인트에 손이 도달하는 순간 손목을 꺾었다.

좌악-!

마지막 순간 손가락이 실밥을 긁었다.

쐐애애액-!

타자도 스윙을 시작했다.

간결하게, 하지만 힘이 넘치는 스윙이었다.

걸리면 넘어간다.

그런 생각이 들게 했다.

그때 공이 꿈틀거리더니 점점 떨어지는 각도가 줄어들었다.

후웅-!

펑-!

"스트라이크! 투!"

[헛스윙! 투 스트라이크를 올립니다!]

[강영웅 선수의 포심은 테일링 무브먼트를 보여줄 때도 있
지만 지금처럼 라이징 무브먼트로 들어올 때도 있습니다. 타
자 입장에서는 매우 골치가 아플 겁니다.]

딱-!

[3구 높게 뜬 타구, 좌익수 뒤로 물러나서 잡아냅니다. 원
아웃!]

깔끔한 시작이었다.

영웅은 이런 스타트를 좋아했다.

어깨도 한결 가벼워졌다.

'공격적으로 가자.'

다저스를 상대로 했을 때와 같은.

그런 공격적인 피칭으로 말이다.

[클리블랜드 인디언스의 강영웅 선수가 시즌 9승을 수확하며 메이저리그 다승 부문 전체 공동 1위에 오르는 기염을 올렸습니다. 클리블랜드 역시 중부 지구 3위에 오르면서 순위 싸움에 대한 불씨를 살렸습니다.]

레이널드가 긴장한 얼굴로 한 식당에 들어섰다.

뉴욕 맨해튼에서 가장 인기가 있는 식당 안에는 유명 인사가 즐비했다.

각 기업체의 오너, 구단주, 스포츠 스타, 가수 등.

많은 이의 얼굴이 눈에 익었다.

레이널드는 그들을 지나쳐 안쪽의 방으로 향했다. 기다리고 있던 남자가 문을 열어주었다.

"후우-!"

짧게 한숨을 내쉬고 방으로 들어갔다. 안에는 한 동양인 남자가 의자에 앉아 와인을 마시고 있었다.

"어서 오게."

"늦어서 죄송합니다."

"아니야. 앉지."

"예."

레이널드가 그의 맞은편에 앉았다.

"요즘 경기 잘 보고 있어. 자네 덕분에 팀이 좋은 성적을 내는 거 같아."

"감사합니다. 많은 지원을 해주신 덕분입니다."

레이널드가 이렇게 예의를 갖추고 긴장을 한 이유는 하나다.

저 사내가 바로 인디언스의 구단주 마크 해롤드이기 때문.

재미교포 2세인 그는 한국인 어머니와 미국인 아버지 사이에서 태어났다.

스스로의 능력도 뛰어나지만 그의 집안인 해롤드 가문은 미국에서도 알아주는 재벌 가문 중 하나였다.

그의 집안이 보유하고 있는 스포츠 구단만 무려 4개에 달했다.

그중에 하나가 클리블랜드 인디언스였다.

"강영웅, 그 선수가 인상 깊더군."

"정확히 보셨습니다. 아주 좋은 선수입니다. 앞으로 2~3년만 지나면 팀에 큰돈을 안겨줄 겁니다."

2019년.

인디언스 구단은 해롤드 가문에 팔렸다.

하지만 이후에도 선수를 팔면서 구단을 운영해 오고 있었다. 해롤드 가문이 큰 투자를 할 것이라 말했던 사람들의 예상이 빗나간 것이다.

그렇기에 레이널드는 영웅을 팔 생각을 하고 있었다.

"뭐, 그건 나중의 일이고. 그 선수를 보면서 난 인디언스가 우승권에 도전해 볼 수 있겠다는 생각이 들었어."

"지구 우승이라면 어떻게든……."

"월드시리즈 말이야."

메이저리그 월드시리즈.

시즌 최고의 팀을 가리는 마지막 시리즈였다.

양대 리그에서 한 팀씩 올라와 챔피언을 가리는 자리가 바로 월드시리즈였다.

클리블랜드는 아메리칸리그에서 가장 오랫동안 월드시리즈에서 우승하지 못한 팀이다.

2016년 기회가 있었지만 실패했다.

이후에는 하락세에 접어들었고 2019년에는 구단주가 바뀌는 큰일까지 겪었다.

최근에는 로스터 선수들이 잘 버텨주고 있지만 월드시리즈 우승은 어불성설이었다.

"올해, 포스트시즌까지 진출해 봐. 그럼 내년 시즌 제대로 된 지원을 해주도록 하지."

"저…… 정말이십니까?"

"그래."

마크 해롤드가 와인을 입에 가져갔다.

기뻐하는 레이널드를 보다 그는 강영웅을 생각했다.

'내년에 선수를 보충하면 충분히 월드시리즈 우승을 노려볼 수 있다. 하지만 그전에 스스로 증명해야겠지. 팀의 중심인 에이스가 될 가치가 있는지 말이야.'

이상한 생각이었다.

이미 영웅은 인디언스의 에이스였다. 많은 전문가와 언론들 역시 같은 생각을 했고 말이다.

하지만 그가 생각하는 에이스란 정규 시즌에서만이 아니었다.

'클레이튼 커쇼도 정규 시즌에선 에이스였지만 포스트시즌만 가면 뛰어난 활약을 펼치지 못했다. 강영웅은 그걸 증명하지 못했어.'

"그럼 식사를 하지."

"예!"

지원을 약속받은 레이널드의 목소리가 상기됐다.

6월.

영웅은 첫 등판을 승리로 챙기고 집에서 휴식을 보내고 있었다.

"슬슬 할 시간인가."

자리에서 일어난 그가 거실로 나가 TV를 틀었다.

엄마를 위해 설치한 위성 TV를 통해 한국 채널도 볼 수 있었다.

그중에서 야구을 틀었다.

[안녕하십니까? 여기는 잠실야구장입니다. 저는 캐스터…….]

이제 막 시작하는 듯 캐스터와 해설 위원의 인사가 이어지고 있었다.

[오늘 시구는 걸그룹 걸스의 멤버인 예린 양이 수고해 주시겠습니다.]

카메라가 예린을 잡았다.

마운드로 걸어가는 그녀는 여전히 씩씩한 모습이었다.

"오~ 예쁘네."

"언제 왔어?"

"네가 넋 놓고 예린이를 보고 있을 때 왔지. 완전 사랑에 빠진 눈이던데?"

"사랑은 무슨……."

"엄마! 엄마는 쟤 어때? 며느리로!"

수정의 말에 영웅이 놀라 그녀가 바라보는 곳으로 고개를 돌렸다.

언제 와서 소파에 앉았는지 한혜선이 TV를 뚫어져라 보고 있었다.

"애가 아주 참하게 생겼네. 그런데 어리게 보이는데 몇 살이야?"

"인터넷 보니까 18살이라던데?"

"얘! 너 그거 아청법이야!"

"엄마! 그런 거 아니라니까요."

울먹이는 아들의 모습에 혜선이 미소를 지었다.

[……오늘 선수분들 부상 없이 좋은 경기 펼쳐 주셨으면 좋겠습니다. 파이팅!]

인사가 끝나고 예린이 마운드에 섰다.

심판이 예린에게 뭐라 이야기를 하는 모습도 카메라에 잡혔다.

아마도 앞에서 던져도 된다고 말하는 듯했다.

하지만 예린이 거절했다.

[설마 마운드 위에서 던지나요?]

[어린 여자의 몸으로는 힘들 텐데요.]

상체를 숙이고 진지한 표정으로 사인을 받는 예린의 모습이 TV에 비쳤다.

고개를 끄덕이고 상체를 세운 예린이 와인드업을 했다.

[제대로 된 폼이 나옵니다.]

다리를 내딛고 팔을 돌려 있는 힘껏 공을 던졌다.

팡-!

노바운드로 공이 미트에 꽂혔다.

코스는 제대로 들어가지 않았다.

하지만 포수가 앉아서 캐치할 수 있을 정도의 위치였다.

[와~ 굉장히 좋은 시구가 나왔습니다. 어떻게 보셨습니까?]

[예린 양이 전에 운동을 했었나요? 정말 좋은 폼으로 공을 던지네요. 무엇보다 공에 힘을 제대로 실은 모습이 인상 깊습니다.]

[좋은 시구를 보여준 예린 양에게 박수와 함성이 쏟아집니다.]

"오~ 반응 좋은데?"

수정이 자신의 스마트폰을 내밀었다.

언제 들어갔는지 포털 사이트의 실시간 검색어가 보였다.

거기에는 예린의 이름이 1위를 달리고 있었다.

"네가 가르쳐 준 거지?"

"조금."

그렇게 말하는 영웅의 입가에 흐뭇한 미소가 그려졌다.

딩동—!

그때 초인종이 울렸다.

한혜선이 자리에서 일어나 문을 열었다.

곧 문을 닫은 한혜선이 큰 상자를 가지고 왔다.

"응? 엄마! 그게 뭐야?"

"택배인데? 한국에서 왔어. 보낸 사람이…… 예린이라는데?"

"예린이가요?"

영웅도 놀라 상자를 받았다.

상자를 열자 안에는 과자와 CD, 걸스 관련 상품들도 들어 있었다.

그리고 가장 위에는 편지가 가지런히 놓여 있었다.

편지를 집어 들고 읽은 영웅이 미소를 지었다.

"공 던지는 법 알려줘서 고맙다고 보낸 기네요."

"올…… 예의 바른데?"

"좋은 아이인 거 같다."

"그러게요."

영웅도 동의했다.

[강영웅 선수가 마운드에 오릅니다.]

[6월 세 번째 등판인데요. 지금 흐름이라면 전반기에만 15승 이상을 거둘 수 있는 페이스입니다.]

[정말 대단한 페이스네요.]

팡-!

"스트라이크!!"

[초구 스트라이크로 시작하는 강영웅 선수, 게임 시작됩니다.]

영웅의 피칭은 카멜레온 같았다.

퍽-!

"스트라이크!!"

[97마일의 포심 패스트볼이 미트에 꽂힙니다!]

[바깥쪽 낮은 코스에 제대로 들어갔어요. 타자가 배트를 내밀기 어려운 코스였습니다!]

공격적인 피칭으로 타자를 압도하기도 했다.

그리고 때로는.

딱-!

[떨어지는 커브에 배트 나옵니다. 하지만 빗맞은 타구, 3루수 잡아 2루에! 그리고 1루에! 더블플레이가 완성됩니다!]

[직전 공이 90마일 후반의 빠른 공, 지금 던진 커브가 70마일 중반이었습니다. 20마일이나 차이 나는 공을 연달아 던지니 타이밍을 제대로 맞출 수가 없었습니다.]

영웅의 완벽투는 계속해서 이어갔다.

하지만 아무리 그라 하더라도 점수를 영원히 안 줄 수는 없었다.

딱-!

[아~ 잘 맞은 타구입니다. 이건…….]

[넘어갔어요.]

[가운데 담장을 그대로 넘어갑니다. 7회 초 솔로 홈런을 허용하는 강영웅 선수입니다.]

투구 수가 이미 100개를 넘었다. 구속도 최고 97마일에서 94마일까지 떨어졌다. 변화구의 각도도 예리함을 잃었다.

교체가 돼도 이상하지 않을 상황이었다.

[오커닐 감독이 직접 마운드를 방문합니다.]

[아마도 교체가 되는 거 같군요.]

[불펜에서는 이미 다음 투수들이 몸을 풀고 있었습니다.]

마운드에 오른 오커닐이 물었다.

"다음 투수들의 준비가 끝났어. 강, 너의 생각은 어때?"

"이번 이닝은 제가 책임지겠습니다."

"음……."

오커닐이 페르나를 바라봤다.

말은 없었지만 그의 의견을 묻는 것이었다.

페르나가 고개를 끄덕였다.

"알겠네. 힘들면 언제든지 더그아웃으로 사인을 줘."

툭-!

"예."

어깨를 가볍게 두드려 준 오커닐 감독이 마운드를 내려 갔다.

[아─! 마운드를 그냥 내려갑니다.]

[의외네요. 당연히 바꿀 거라 생각했는데 말이죠.]

지친 상황.

하지만 이닝을 끝내고 싶었다.

한 명의 타자라도 더 상대하는 것, 그게 선발 투수의 사명 이었다.

영웅 역시 그런 사명감을 가지고 있었다.

"후우……."

깊게 숨을 내쉰 영웅이 와인드업을 했다.

"흡─!"

숨을 멈추며 다리를 내디뎠다.

다리, 허리, 상체로 이어진 회전이 어깨, 손목, 그리고 손 끝에 도달했다.

쐐애애액─!

공이 몸 쪽을 파고들었다.

절반쯤 날아갔을까?

회전이 걸린 공이 변화를 시작했다.

'변화구!'

너무 이른 변화였다.

평소 영웅의 상태라면 홈 플레이트 직전에 변화를 시작할 것이다.

하지만 지친 상황이기에 변화가 빠르게 일어났다.

변화가 빨리 일어나는 공은 타자의 입장에선 치기 좋은 먹이였다.

후웅–!

배트가 날카롭게 회전을 했다.

딱–!

경쾌한 소리가 났다.

낮은 타구가 빠르게 유격수 방향으로 날아갔다.

영웅의 고개가 확하고 돌아갔다.

퍽–!

그의 눈에 다이빙을 하는 파렐의 모습이 보였다.

땅에 슬라이딩을 한 파렐이 탄력적으로 일어나 1루로 공을 뿌렸다.

쐐애애액–!

퍽–!

"아웃!"

[좋은 수비가 나옵니다!]

[이야–! 정말 멋진 수비입니다. 지친 강영웅 선수를 도와주는 수비예요!]

[이걸로 투 아웃! 이번 이닝 남은 아웃 카운트는 하나입니다!]

팡–!

"스트라이크!"

[95마일의 빠른 공으로 카운트를 잡아가는 강영웅 선수!]

딱—!

[떨어지는 커브를 올려칩니다! 빠르게 날아가는 타구를 좌익수가 쫓아갑니다!]

전력질주를 하던 좌익수가 몸을 날렸다.

픽—!

펜스에 부딪히고 떨어진 좌익수가 일어나며 글러브를 높게 치켜들었다.

[잡았습니다! 좌익수 로건 선수의 허슬 플레이로 세 번째 아웃 카운트가 올라갑니다! 솔로 홈런을 허용했지만 7이닝 동안 1실점만 허용하며 마운드를 내려오는 강영웅 선수입니다!]

퀄리트 스타트 플러스.

완벽한 피칭은 아니었지만 충분히 제 역할을 해준 영웅이었다.

이제 점수만 나와 준다면 승리투수도 가능한 상황.

하지만 7회 말.

인디언스 타선은 점수를 내지 못했다.

결국 영웅의 시즌 13승은 다음 경기로 미루어졌다.

영웅의 승리 수확이 멈췄다.

6월 5번의 등판을 하면서 2승 2패를 기록했다.

시즌 12승.

더 이상 승리를 올리지 못한 채 6월이 끝났다.

그사이 메이저리그에서는 올스타전을 위한 투표에 들어갔다.

감독 추천으로 들어가야 되는 투수 부문에서 영웅은 거의 확정적이었다.

최대 축제 중 하나인 올스타전에 2년 연속 뽑힐 예정이었지만 영웅은 기쁘지만은 않았다.

'요즘 승리가 줄어들었어.'

전반기가 끝나지 않은 상황에서 12승이다.

지난 시즌을 뛰어넘는 성적이다.

리그 전체를 놓고 보더라도 영웅보다 더 높은 승리를 챙긴 건 클레이튼 커쇼와 노아 신더가드 두 명뿐이었다.

그럼에도 영웅은 승리에 목말라 있었다.

그의 목표는 전설들과 어깨를 나란히 하는 것이다.

그러기 위해선 더 높은 곳을 바라봐야 했다.

하지만 승리는 투수가 아무리 잘해도 올리지 못할 때가 많았다.

'점수를 내는 건 내가 할 일이 아니다. 동료들을 믿을 수밖에 없어. 하지만 최근 떨어진 이닝은 끌어올릴 필요가 있다.'

노히트노런 이후.

영웅은 7이닝 이상을 소화한 경기가 한 번밖에 없었다.

대부분의 경기에서 6이닝을 소화했다.

이를 두고 일부에서는 영웅의 체력에 문제가 생긴 거 아니냐는 이야기를 하기 시작했다.

사실 그것보다는 상대 팀들의 전력 분석이 이루어졌다는 게 더 옳았다.

'내 공을 커트하는 경우가 많아졌다. 변화구에도 잘 안 속고.'

나름대로 준비를 했던 시즌이다. 그러나 전력 분석을 이룬 팀들의 분석 속도는 작년보다 더 빨라졌다.

영웅이 변화구를 주로 던지기 시작하자 순식간에 분석을 끝냈다. 패턴을 바꾸면 빠르게 그 패턴에 맞춘 전략을 가져왔다.

타자들 역시 영웅에 대한 대처를 잘하기 시작했다.

"휘유……. 힘드네."

영웅이 등받이에 몸을 기댔다.

세계 최고의 리그라 불리는 메이저리그.

그렇게 불리는 이유를 조금이나마 느낄 수 있었다.

'하지만 난 그 리그에서 전설이 된 이들에게서 배웠어. 이 정도로 죽는 소리를 하면 그들의 이름에 먹칠을 하게 되는 거야.'

끼익-!

영웅이 상체를 일으켰다. 그리고 노트와 펜을 꺼냈다.

'그들에게서 배운 걸 다시 한번 복기하자.'

노트는 꽤 낡아 있었다.

그럴 만도 했다.

어린 시절, 정확히 말하면 꿈의 그라운드에 가기 시작했을 때부터 사용한 노트다. 이 안에는 영웅이 배웠던 모든 게 들어 있었다.

그곳에서 많은 내용을 배웠었다. 그 모든 것을 기억하는 건 불가능했다. 그래서 어렸던 영웅은 그것들을 기록하자고 마음을 먹었다.

공을 던지는 방법을 시작으로 슬럼프를 극복하는 법, 상대 타자가 자신을 분석했을 때 어떻게 해야 되는지까지.

이 안의 모든 것이 레전드 플레이어들의 경험이었다.

영웅은 그것들을 차근차근 읽어갔다.

밤이 깊어지도록.

딱-!

"와아아-!"

높게 뜬 타구가 중견수 키를 넘어 담장 밖으로 날아갔다.

마운드 위의 잭슨이 고개를 떨어뜨렸다.

[쓰리런 홈런을 허용하는 잭슨 선수, 결국 마운드가 교체되는 거 같습니다.]

[충분한 점수를 등에 업고도 이런 실망스러운 피칭을 보여주다니. 잭슨 선수, 가지고 있는 능력은 충분한데 그것을 살리지 못하고 있네요.]

[투수 교체가 이어집니다.]

잭슨이 더그아웃으로 돌아왔다.

고개를 떨어뜨린 그에게 동료들의 위로가 쏟아졌다.

하지만 고개를 들지 못했다. 벤치에 앉지도 못하고 라커룸으로 들어가는 그의 뒷모습에서 슬픔이 느껴졌다.

내일 등판이 예정되어 있는 영웅이 그를 쫓았다.

라커룸에 다가가자 흐느끼는 소리가 들려왔다.

"흑…… 흐흑……."

다 큰 남자가 서럽게 우는 모습은 쉽게 볼 수 없다. 그리고 다가가기도 힘들어진다. 영웅은 라커룸에 들어가지 않은 채 몸을 돌렸다.

"미안……. 흑……. 엄마…… 미안……."

잭슨의 말소리에 영웅의 걸음이 멈췄다.

고개를 슬쩍 내밀어 라커룸 안을 확인했다.

의자에 앉아 울음을 쏟고 있는 잭슨의 손에 한 장의 사진이 들려 있었다.

그의 가족들이 찍힌 사진이었다. 이 세상에 사정없는 사람은 존재하지 않는다. 그건 어느 나라를 가든 마찬가지였다.

'넌 최선을 다했어.'

짧은 시간이지만 잭슨과 붙어 훈련을 했던 영웅이다.

얼마나 많은 노력을 했는지 잘 알고 있었다.

그랬기에 더더욱 마음이 쓰였다.

영웅은 다시 몸을 돌려 경기장으로 향했다.

다음 날.

오커닐 감독이 잭슨을 불렀다.

"미안하게 됐네."

"……네."

예상했는지 잭슨이 순순히 대답을 했다.

감독실을 나온 그가 라커룸으로 향했다.

라커룸에는 몇몇 선수가 있었다.

그중에는 영웅도 보였다.

잭슨은 말없이 자신의 라커룸으로 향해 짐을 챙기기 시작했다. 그 모습을 본 선수들의 얼굴이 굳어졌다.

"잭슨……."

영웅이 그를 불렀다.

잭슨은 웃으며 그를 바라봤다.

"요즘 밸런스가 깨진 거 같아서 잠깐 마이너리그 좀 다녀오려고."

밝게 말했지만 그 모습이 더 슬펐다.

가까이 지냈던 사이이기에 더욱 크게 다가왔다.

하지만 다른 선수들은 크게 생각하지 않았다.

"곧 다시 올라올 거다."

"내려가서 잘 정비하고 올라와."

"응."

잭슨이 짧게 동료들과 인사를 했다. 그리고 마지막으로 영웅과 작별을 했다.

"금방 다시 올게."

"그래."

잭슨이 무거운 발걸음을 옮겼다.

충분한 기회를 살리지 못한 그에게 메이저리그의 평가는 냉정했다.

전반기가 끝나가는 시점.

대부분의 팀이 전력에 안정화를 찾아가고 있었다. 인디언스 역시 투타의 안정화를 찾아갔다.

아직 4, 5선발이 불안했지만 3선발까지 안정적으로 마운드를 지켰다.

문제는 불펜이었다.

올 시즌 승리조의 한 자리를 맡기려고 했던 잭슨이 마이너리그로 강등이 됐다.

그로 인해 불펜에 빈자리가 생겼다.

인디언스의 선택은 트리플 A에서 활약 중이던 33살의 베테랑 투수를 올리는 것이었다.

[7이닝 2실점 13탈삼진을 기록한 강영웅 선수가 마운드를 내려갑니다. 2 대 0의 스코어에서 마운드에는 오늘 새롭게 메이저리그 로스터에 등록된 다니엘 험튼 선수가 올라옵니다.]

[험튼 선수는 메이저리그 통산 22승 32패 37홀드 12세이브를 올리면서 평균 자책점은 5.12를 기록 중입니다.]

[기록을 봤을 때는 그렇게 대단한 투수로 보이진 않네요.]

[그렇습니다. 트리플 A와 메이저리그를 오가는 AAAA급 선수로 분류가 되는데요. 3년 전에는 일본에서 마무리 투수

를 맡아 33세이브를 올리기도 했었습니다.]

[정말 다양한 경험을 한 투수로군요.]

팡-!

"볼!"

[초구는 볼입니다. 구속은 89마일이 찍히네요.]

[메이저리그 처음 올라올 때는 90마일 후반까지도 기록했던 투수입니다만 어깨 부상 이후 구속이 많이 하락된 모습이네요.]

딱-!

[잘 맞은 타구, 하지만 좌익수 정면입니다. 로건 선수가 안정적으로 공을 잡아냅니다.]

[던지는 구종은 매우 다양합니다. 거의 모든 공을 던진다고 볼 수 있는데요. 때로는 너클볼까지도 던지는 걸로 알려져 있습니다.]

딱-!

[너클볼까지 던지다니. 신기한 투수군요. 2구 우익수가 뒤로 물러나면서 잡아냅니다. 투 아웃!]

더그아웃의 영웅이 어깨를 아이싱 하며 경기를 보고 있었다.

'독특한 투수다.'

그동안 다양한 투수를 만나왔다.

험튼은 그중에서도 매우 독특한 선수였다.

특히 마운드에서 여유롭게 자신의 리듬을 가져가는 게 인상적이었다.

쐐애액-!

'사이드암?'

이전까지 스리쿼터에서 공을 던지던 험튼이 사이드암으로 공을 던졌다.

옆에서 날아오는 공에 타자가 어정쩡하게 배트를 내밀었다.

딱-!

[중견수 앞으로 달려 나오며 공을 잡습니다. 쓰리 아웃! 마지막 아웃 카운트는 사이드암으로 잡아냅니다!]

독특한 투수.

험튼은 그 표현이 정말 잘 어울리는 투수였다.

시즌 13승.

올스타전을 앞둔 영웅의 성적이었다. 작년을 훨씬 뛰어넘는 성적에 사람들은 환호했다.

더 이상 2년 차 징크스를 이야기하는 언론이나 기자들은 없었다.

이제 관심은 과연 영웅이 올 시즌 어떤 성적을 올릴지에 집중됐다.

[전반기 마지막 등판에서 4이닝 무실점 행진을 이어가고

있는 강영웅 선수, 5회에도 마운드에 오릅니다.]

영웅이 마운드에 오르자 프로그레시브 필드가 들썩였다.

[클리블랜드에서의 인기는 단연 최고라고 할 수 있겠네요.]

[당연한 일입니다. 21세기 들어 클리블랜드에서 이런 투수가 나왔나 싶을 정도로 대단한 성적을 이어가고 있습니다. 무엇보다 아직 21살이지 않습니까? 앞으로 보여줄 모습이 더 기대되는 선수입니다.]

[클리블랜드의 한 언론에서는 강영웅 선수를 두고 '마운드의 히어로다'라는 표현을 써서 화제가 됐었는데요.]

[틀린 표현이 아닙니다. 강영웅 선수는 클리블랜드의 히어로지 않습니까?]

마운드의 히어로.

최근 영웅을 두고 언론들이 하는 말이었다.

본인도 알고 있었다. 기분이 좋았다. 사람을 구해주는 히어로에 비교를 해주니 말이다.

"후우……."

크게 한숨을 내쉰 영웅이 공을 던졌다.

팡-!

"스트라이크!!"

딱-!

[높게 떠오른 타구!]

중견수가 뒤로 물러나며 공을 잡았다.

[5회 역시 무실점으로 막아내고 마운드를 내려옵니다. 강영웅 선수! 오늘 경기 역시 퍼펙트 피칭을 이어갑니다!]

더그아웃으로 돌아온 영웅이 자신의 손가락을 바라봤다.

'조금씩 아파지네.'

검지에 이상이 느껴진 건 3회다. 슬라이더를 던질 때 약간의 통증이 느껴졌다.

하지만 대수롭지 않게 생각했다. 심한 통증이 아니었으니까. 그러나 이닝이 더해갈수록 통증은 조금씩 커져 갔다.

'말해야 돼.'

영웅이 자리에서 일어났다.

"코치."

"응?"

"검지가 조금 이상해요."

"뭐?"

놀란 코치가 급하게 영웅의 손가락을 확인했다.

이쪽의 분위기를 보고 있던 오커닐 감독도 다가왔다.

"무슨 일이야?"

"손가락에 물집이 생겼습니다."

"어디 봐."

오커닐이 직접 상태를 확인했다.

물집은 심한 편이 아니었다. 이제 막 생기는 과정이었다. 더 공을 던진다면 물집이 터지면서 심해질 게 분명했다.

"교체하지."

"예."

코치가 고개를 끄덕이고 불펜으로 전화를 걸었다.

그사이 오커닐은 영웅에게 설명했다.

"물집이 잡힌 거 같은데, 심한 거 같지는 않아. 아주 잘했어. 앞으로도 몸에 이상이 생기면 바로 말해줘야 돼."

"예."

영웅도 그렇게 배웠다.

"부상은 언제든지 찾아올 수 있다. 그걸 숨기는 것보다는 드러내고 치료를 하는 게 우선이다."

배운 걸 그대로 실천했다.

[아, 인디언스의 마운드에 험튼 선수가 올라옵니다. 어떻게 된 걸까요? 투구 수에 아직 여유가 있을 텐데요.]

[몸에 이상이 생긴 건 아닐까 걱정이 됩니다.]

[정확한 사실은 들어오는 대로 알려드리도록 하겠습니다.]

7장
짧은 부상

　[클리블랜드 인디언스의 강영웅 선수가 손가락 물집으로 당분간 등판이 어려울 것으로 보입니다. 인디언스 구단은 강영웅 선수가 검지에 물집이 잡혀 교체를 했으며 치료에 전념할 것이라 밝혔습니다. 이번 부상으로 출전이 예상됐던 올스타전 역시 출전하지 않을 것으로 보입니다.]

　영웅이 의자에 몸을 기댔다.
　한국의 포털 사이트에는 이미 기사가 떠 있었다.
　"당분간 푹 쉬게 생겼네."
　아쉬웠다.
　올스타전 출전은 그 역시 기대했던 경기다. 스타들 중에서도 일부만이 참가할 수 있는 이벤트였으니 말이다.
　"열흘이라……"

물집이 완치되기까지는 열흘이 걸릴 거라 했다.

이후 페이스를 찾고 하는 데 5일 정도가 소비될 예정이었다.

즉, 보름가량 출전이 불가능했다.

첫 부상이다 보니 심란한 마음도 있었다.

"다행이라면 다행이랄까."

부상이 크지 않았으니 말이다.

"차분하게 부상이 나을 때까지 치료를 하자."

영웅의 첫 부상은 그렇게 찾아왔다.

부상으로 인해 대부분의 운동이 금지됐다. 빠른 회복을 위한 당연한 조치였다. 훈련을 하지 못하지만 영웅은 팀과 동행을 했다.

경기장을 떠나면 그 순간부터 실전 감각이 떨어진다.

그것을 막기 위한 조치였다.

"강! 몸은 좀 어때요?"

더그아웃에 앉아 있는 그에게 소년이 말을 걸어왔다.

"괜찮아."

"언제 돌아와요?! 인터넷에서는 한 달은 걸릴 거라는데!"

"그것보단 일찍 돌아올 거 같은데?"

"정말요? 다행이다. 아! 사인 좀 해주세요!"

안도를 하는 소년의 모습에 영웅이 미소를 지었다. 야구공을 받아 든 영웅이 정성껏 사인을 해서 건넸다.

"고마워요! 다시 돌아오길 기다리고 있을게요!"

"그래."

영웅이 다시 더그아웃에 앉았다.

'날 기다려 주는 팬들이 있다.'

딱—!

그때 그라운드에 경쾌한 소리가 났다.

고개를 든 영웅의 눈에 담장을 넘어가는 타구가 보였다.

[아쉽습니다. 쓰리런을 허용하고 맙니다.]

아직 4회.

내준 점수는 무려 5점이었다.

결국 짐 놀란을 강판시킬 수밖에 없었다.

'빨리 돌아와야 된다.'

팀이 무너지는 모습을 보며 그렇게 생각했다.

하지만 이내 고개를 저었다.

영웅의 부상과 함께 인디언스에 연패가 찾아왔다.

연패의 이유는 여러 가지였다.

선발과 불펜의 동시 부진.

그리고 타격의 침체였다.

거기에 영웅의 이탈이라는 최악의 조건이 포함됐다.

영웅의 이탈은 단순히 에이스 투수가 사라진 것만이 아니었다. 팀이 연패를 할 때 그것을 끊어줄 연패 스토퍼가 없어진 것이다.

연패가 이어지면 팀의 사기가 떨어진다. 그 떨어진 사기에서도 연패를 끊어야 한다. 얼마나 어려운 일인지 설명할 필요가 없었다.

그 역할을 지금까지는 영웅이 해주었다.

한데 그가 없어진 것이다.

클리블랜드의 한 지역 언론에서 현 인디언스의 상황을 답이 없다고 표현을 했다.

결코 과장된 표현이 아니었다.

연패는 점점 길어져 갔다.

따-!

[좌중간에 떨어지는 안타! 장타 코스입니다! 3루 주자 홈인, 2루 주자도 3루를 돌아 홈으로 들어옵니다! 2타점 2루타! 스코어는 7 대 1로 벌어집니다!]

[오늘 경기를 패배하면 7연패를 하게 되는데요. 이는 올 시즌 아메리칸리그 최다 연패가 됩니다.]

따-!

[때렸습니다! 하지만 평범한 타구입니다. 우익수가 공을 잡을 수 있을 것으로 보입니······ 아! 놓쳤습니다! 우익수 어이없는 실책이 나옵니다! 3루 주자! 홈인! 2루 주자는 3루로 갑니다!]

[수비 시간이 길어지면서 수비수들의 집중력이 떨어지고 있습니다. 조금 더 집중력 있는 모습을 보여줄 필요가 있습니다.]

총체적 난국이었다.

연패에 빠지면서 프로그레시브 필드를 찾는 인원이 점점 줄기 시작했다.

팀 분위기 역시 좋지 않았다. 클럽하우스에는 침묵이 흘렀다. 날카로워진 신경 때문에 몇몇 선수가 몸싸움을 벌이기도 했다.

스태프들 역시 골머리를 썩긴 매한가지였다. 어떻게든 분위기 전환을 위해 갖가지 방법을 모색했다.

하지만 그들의 방법 중 정답은 없었다. 사실 답은 정해져 있었다.

승리하는 것.

단 한 번의 승리라면 지금 겪고 있는 문제 대부분을 해결해 줄 게 분명했다. 문제는 그걸 처리해 줄 사람이었다.

'앞으로 5일 남았다.'

오커닐은 그 사람을 영웅으로 보고 있었다. 이전에 막아줄 사람이 나타난다면 다행이다.

하나 만약 그때까지 나타나지 않는다면.

'최소한 3일.'

영웅의 상태에 대해서는 매일 보고를 받았다. 물집은 거의 완치 상태였다. 이제 남은 건 몸상태를 체크하는 것이었다.

9일 동안 영웅은 공을 던지지 않았다.

투수는 매우 민감하다.

매일같이 몸의 상태를 점검하고 공을 던져야 제대로 된 컨디션을 유지할 수 있었다.

그 과정을 9일이나 쉬었으니 제대로 된 컨디션이라 볼 수 없을 거다.

무엇보다 영웅은 첫 부상을 당했다.

크건 작건 그로 인한 영향은 분명 있을 것이다.

'내일 그것을 확인한다.'

오커닐은 급하게 생각하지 않았다.

비록 최근 레이널드 단장의 압박이 강해지고 있지만 선수를 우선적으로 생각했다.

그게 오커닐의 스타일이었다.

영웅은 불펜 피칭을 소화했다.

10일 동안 쉬었음을 감안했을 때 꽤 좋은 결과가 나왔다.

"투구 폼이 안정적이야. 아주 좋아."

투수 코치 존슨의 말에 영웅이 고개를 저었다.

"평균 구속은 하락했고 릴리스 포인트는 엉망이었어요."

"그건 당연한 일이야. 열흘 동안 쉬었는데도 원래대로 공을 던지면 그게 더 이상한 일이지. 하지만 투구 폼이 안정적이기 때문에 곧 원래 페이스가 돌아올 거야."

영웅은 존슨의 말을 믿었다.

투수의 몸을 가장 잘 아는 건 본인이 아니다. 옆에서 지켜보는 코치, 트레이너들이 오히려 더 잘 알았다.

자신은 제대로 던졌다 생각했는데 폼이 무너진 경우도 많이 나온다.

반대의 경우도 마찬가지였다.

존슨은 사실에 입각해서 영웅의 사기를 높여주었다.

"내일 시뮬레이션 피칭을 하고 곧 복귀를 해도 되겠어."

"예."

"어떤가?"

그때 문을 열고 오커닐이 다가왔다.

두 사람이 가볍게 고개를 숙였다.

"상태는 좋습니다. 구속도 크게 떨어지지 않았고 무엇보다 폼이 무너지지 않았습니다."

"그렇군. 앞으로 일정은 설명했나?"

"예, 방금 하고 있었습니다."

오커닐이 영웅을 바라봤다.

"원래라면 한 경기 실전을 치르고 등판을 해야 하지만 팀 사정상 그럴 수가 없네. 이해해 주길 바라네."

"괜찮습니다. 저도 빨리 등판을 하고 싶습니다."

"그렇게 말해주니 고맙군. 그럼 내일 시뮬레이션 피칭을 끝내고 이틀 뒤, 보스턴과의 경기에서 등판하는 걸로 하지."

"예."

오커닐과의 면담은 그렇게 끝났다.

시뮬레이션 피칭은 성공적이었다.

30개의 공을 던지면서 스트라이크에 20개의 공을 꽂아 넣었다.

영웅의 부상은 완벽히 치료가 됐다.

곧 그의 등판이 공식화됐다.

[인디언스의 히어로 강영웅이 돌아온다.]

한국과 미국 언론들이 기사를 냈다.

고작 보름.

하지만 사람들은 그의 등판에 목말라 있었다.

대중만이 아니었다. 팀 메이트들 역시 그의 복귀를 두 팔 벌려 환영했다. 그의 복귀가 끼치는 영향은 벌써부터 나타났다.

보스턴으로 이동하는 전용기 내부의 분위기가 이전과는 전혀 달라졌다.

"강! 포커 같이 칠래?"

"난 구경만 할래."

"그래."

포커 게임이 다시 열리고 삼삼오오 모여 대화를 나누는 동료들이 보였다.

연패에 빠진 팀의 분위기라고는 볼 수 없었다.

'에이스의 복귀에 다들 들떴군.'

그 모습을 본 오커닐이 미소를 지었다.

선수 생활, 그리고 그보다 긴 지도자 생활을 하면서 많은 선수를 봐온 오커닐이다.

그러나 그중에서도 영웅은 매우 독특한 선수였다.

'살얼음판을 걷던 클럽하우스의 분위기가 한 선수의 등판만으로 바뀌다니.'

이런 경험은 처음이었다.

'대단한 선수야.'

의자에 몸을 기대고 음악을 듣고 있는 영웅의 등판이 가까워지고 있었다.

보스턴 레드삭스.

메이저리그의 명문 구단 중 하나다.

인디언스와 같은 아메리칸리그에 속해 있지만 지구는 달랐다.

현재 동부 지구 1위를 달리고 있으며 올 시즌 역시 월드시리즈 우승이 목표라고 외칠 정도로 전력 역시 탄탄했다.

도박사들은 레드삭스와 인디언스의 대결을 6 대 4로 레드삭스의 승리를 예상했다.

전문가들 역시 비슷한 반응이었다.

영웅이 첫 부상을 입었다는 점.

연습 경기 없이 바로 실전에 투입된다는 점.

그리고 타자들의 타격 페이스가 전체적으로 떨어져 있다는 것까지.

복합적인 이유로 인디언스의 패배를 예상했다.

그리고 1회 초.

그 예상은 맞아가는 듯했다.

후웅-!

"스트라이크! 아웃!"

[헛스윙 삼진! 두 타자 연속 삼진을 잡아내는 릭 포셀로 투수!]

[여전히 좋은 체인지업입니다. 타자의 배트가 완전히 빗나 갔어요.]

[릭 포셀로 선수는 올 시즌 두 번째 20승에 도전하고 있습 니다. 강영웅 선수가 잠시 부상으로 이탈한 사이 아메리칸리 그 최다승 자리를 가져갔는데요. 세 번째 타자를 상대로 초 구 볼이 됩니다.]

[아마 시즌 막판까지 두 선수가 사이영 상 대결을 펼치지 않을까 생각이 듭니다.]

딱-!

[2구에 스윙을 하는 페르나 선수, 하지만 타구 높게 뜹니 다. 중견수 뒤로 물러나 자리를 잡습니다.]

퍽-!

[안정적으로 공을 잡습니다. 쓰리 아웃! 공수 교대됩니다.]

영웅이 마운드에 올랐다.

"와아-!"

관중석에서 환호성이 쏟아졌다.

마운드에 오른 영웅은 묘한 감정에 휩싸였다.

첫 부상, 그로 인한 공백.

그리고 복귀.

처음 경험해 보는 것들이 겹쳐 지금 이 순간을 특별하게 만들었다.

"후우ㅡ!"

깊게 한숨을 내쉬고 연습 투구를 시작했다. 그의 공이 미트에 꽂힐 때마다 들떴던 감정이 가라앉았다.

팡ㅡ!

경쾌한 소리와 함께 연습 투구가 끝났다. 오커닐이 그의 옆으로 다가왔다.

곧 페르나도 마운드에 올라왔다.

"오늘 경기 도중 불펜은 항시 대기하고 있을 거다. 이상이 생기면 바로 이야기하도록 해."

"예."

"절대 무리하면 안 된다. 아직 시즌은 길게 남아 있어."

"알겠습니다."

신신당부를 한 오커닐이 더그아웃으로 돌아갔다.

페르나도 한마디를 남기고 마운드를 내려갔다.

"신나게 꽂아버려."

그럴 생각이었다.

마운드에 홀로 남은 영웅이 로진을 손에 묻혔다. 몸을 돌렸을 때 타자가 타석에 서 있었다.

"후우ㅡ!"

깊게 숨을 토해내고 플레이드를 밟았다.

'바깥쪽 패스트볼.'

페르나가 사인을 보냈다.

이후 양손을 크게 벌렸다.

존을 넓게 보고 공을 던지라는 사인이었다.

영웅이 상체를 세웠다.

인디언스 더그아웃에 적막이 흘렀다.

초구가 중요하다는 걸 모든 이가 알고 있었다.

'제발.'

연패라는 깊은 늪에 빠진 선수들은 한마음이었다.

영웅이 원래의 컨디션으로 돌아와 주었기를 바라고 있었다.

그때 영웅이 다리를 차올렸다. 상체를 비틀었다가 일순간 멈췄다.

곧 상체의 비틀림을 풀면서 회전을 시작했다.

타닥—!

다리를 내디딘 그의 상체를 여전히 회전을 하고 있었다. 하체가 단단하게 고정되어 상체의 격한 움직임을 견뎌냈다.

후웅—!

상체의 회전에 맞춰 팔이 앞으로 나왔다.

얼굴을 지나 릴리스 포인트에서 공을 챘다.

쐐애애액—!

공이 빠르게 날아왔다. 타자는 스윙을 시작하려다 멈췄다.

자신만의 존에서 공이 벗어났다고 판단을 내린 것이다.

그 순간 공이 안쪽으로 휘었다.

반응하기엔 늦었다.

퍽—!

"스트라이크!!"

구심의 손이 올라갔다.

타자의 얼굴이 일그러졌다.

'거기서 휘다니.'

공의 회전과 다른 움직임이었다.

'골치 아프군.'

강영웅을 상대하는 타자들이 동일하게 생각하는 것이었다.

골치 아픈 투수.

분명 포심이라 판단을 하고 배트를 돌려도 공의 궤적은 생각과 달랐다.

딱-!

2구는 슬라이더였다.

고속 슬라이더에 타이밍을 맞췄지만 궤적이 예상보다 더 크게 변화했다. 덕분에 배트의 밑에 공이 맞으면서 파울이 됐다.

순식간에 투 스트라이크를 잡은 영웅은 거침없이 3구를 뿌렸다.

쐐애애액-!

몸 쪽을 파고드는 공이었다.

타자의 발이 배터 박스 바깥쪽을 내디디며 오른손이 몸 쪽에 붙은 채로 스윙이 시작됐다.

후웅-!

하지만 배트는 허공을 갈랐다.

펑-!

"스트라이크! 아웃!!"

[삼구삼진! 복귀전 첫 타자를 삼진으로 잡아냅니다!]

[영상을 다시 보시면 아시겠지만 공과 배트의 궤적이 차이가 심하게 납니다. 타자의 예상보다 공이 덜 떨어졌다는 걸 알 수 있습니다.]

타자가 영웅을 노려보다 더그아웃으로 향했다.

타석으로 들어서던 동료와 거리가 가까워지자 정보를 건넸다.

"컨디션이 최고야. 부상에서 돌아온 놈이라고 생각하면 한 방 맞을 거다."

"그 정도야?"

"최고의 컨디션으로 보인다."

영웅도 같은 생각이었다.

3개의 공을 던지면서 원하는 코스에 정확히 들어갔다.

예상보다 훨씬 좋은 컨디션이었다.

'휴식이 도움이 됐나?'

영웅은 개막전 이후 쉬지 않고 달려왔다.

17게임에 등판해 13승을 올렸다.

투구 이닝은 118이닝을 던지면서 아메리칸리그 최다 이닝 2위에 랭크되어 있다.

만약 휴식이 없었다면 더 많은 이닝을 던졌을 거다.

그만큼 과부하가 걸려 있었다.

하지만 보름의 휴식은 과부하가 걸린 육체에 휴식을 줄 수 있었다.

덕분에 힘이 돌아왔다.

그것을 느낀 건 경기 후반에 접어들어서였다.

[7회, 마운드에 다시 오르는 강영웅 선수입니다.]

[현재까지 투구 수는 91개입니다. 이제 슬슬 교체를 해줘야 될 타이밍으로 보이는데요.]

부상 선수는 복귀전에 투구 수 관리를 해준다.

그렇기에 많은 사람이 7회 영웅이 올라오지 않을 거라 판단을 했다.

오커닐 역시 같은 생각이었다.

영웅을 교체시키기 위해 그의 의중을 물었다.

하지만 그는 거절했다.

"7회까지 책임지겠습니다."

그의 말을 무작정 무시할 수도 없는 노릇이었다.

영웅은 에이스다.

에이스다운 대우를 해줘야 했다.

오커닐은 트레이너와 함께 영웅의 상태를 살폈다.

다행히 물집은 다시 도지지 않았다. 그럴 기미도 없었다.

트레이너의 오케이 사인이 떨어지자 오커닐은 허락했다.

"단 100구가 마지막이야. 그 뒤로는 상황이 어떻든 교체할 거네."

"예."

영웅도 거기까지 막을 방법이 없었다.

[스코어 0 대 0. 인디언스의 타선은 오늘도 터지지 않고 있습니다. 아쉬운 부분입니다.]

[전체적인 타격 페이스가 떨어져 있습니다. 이럴 때는 마운드에 있는 투수가 가장 힘들 겁니다.]

팡-!

"볼."

[초구, 볼이 됩니다. 떨어지는 슬라이더에 타자의 배트 나오지 않네요.]

[너무 일찍 변화를 일으켰습니다. 강영웅 선수의 변화구가 무서운 이유는 홈 플레이트 부근에서 변화가 일어나기 때문입니다. 타자가 대응하기 어려워하는 이유입니다.]

그런 늦은 변화의 이유는 강한 악력에 있었다.

물론 악력이 전부는 아니지만 지금까지 경험했던 바로는 악력이 떨어지면 변화 역시 빠르게 일어났다.

'이제부터는 포심 위주로 가야겠어.'

어설픈 변화구는 메이저리그에서는 좋은 먹잇감에 불과했다.

그걸 아는 영웅의 고개가 연달아 저어졌다.

페르나가 포심 사인을 낸 뒤에야 고개를 끄덕였다.

"후우-!"

비록 변화구는 없어졌지만 영웅에게는 포심이 남아 있었다.

하지만 상대는 메이저리그 타자다.

거기다 상위 순번들이었다.

구속이 떨어진 포심만으로 상대하기엔 역시 힘들었다.

딱-!

"파울!"

[점점 타이밍이 맞아가네요.]

[변화구의 위력이 떨어지면서 포심의 비율이 높아지고 있

습니다. 하지만 그 포심 역시 구속이 떨어지면서 타이밍이 맞아가는 거죠.]

[그렇군요. 96번째 공 던집니다.]

딱─!

[잘 맞은 타구!]

빠른 타구가 유격수 파렐의 옆으로 날아갔다.

파렐은 옆으로 뛰며 동시에 몸을 날렸다.

'닿아라!'

복귀전에도 벌써 100개에 달하는 공을 던지고 있는 영웅에게 도움이 되고 싶었다.

비록 타선에서는 전혀 도움이 되지 못했지만 수비에서만큼은 실수를 하고 싶지 않았다.

그때 바운드가 된 공이 다시 한번 튀어 올랐다.

공의 궤적이 바뀐 것이다.

[불규칙 바운드!]

픽─!

파렐이 급하게 글러브를 들어 바운드를 맞췄다.

[잡았습니다! 놀라운 집중력으로 불규칙 바운드를 맞히는 파렐 선수! 일어나서 1루에 송구!]

픽─!

"아웃!"

[아웃입니다! 공이 먼저 글러브에 들어갑니다! 파렐 선수의 멋진 호수비가 나왔습니다!]

"나이스 파렐!"

영웅이 그에게 고마움을 표시했다.

"고마우면 이따가 밥 사라."

"하나 더 잡아주면 생각해 볼게."

"얼마든지."

영웅의 어깨가 한결 가벼워졌다.

파렐의 수비는 그저 호수비 하나로 끝나지 않았다.

인디언스 선수들의 집중력을 동시에 상승시켜 주었다.

한 번의 파인 플레이가 만들어낸 효과였다.

딱─!

[2구를 타격! 애매한 위치로 날아옵니다. 유격수, 좌익수 모입니다!]

"마이! 마이! 마이!"

[좌익수 로건이 콜을 외치며 달려 나옵니다! 유격수 파렐 피해주고 로건이 공을 잡습니다! 좋은 협력 수비가 나옵니다.]

[사소하지만 매우 좋은 플레이였습니다. 지금과 같은 타구는 두 명의 수비수 모두 타구를 보고 달려들기 때문에 콜사인이 꼭 필요합니다. 만약 콜을 제대로 해주지 않는다면 충돌의 위험도 있었습니다.]

[7회 남은 아웃 카운트는 하나인 상황.]

100개의 공까지는 2개가 남았다.

영웅은 공격적인 피칭을 이어갔다.

팡─!

"스트라이크!!"

[초구, 스트라이크를 꽂아 넣습니다.]

남은 공은 하나.

영웅은 다시 한 번 더 존을 향해 공을 던졌다.

쐐애애액-!

딱-!

잘 맞은 타구가 빠르게 날아갔다.

퍽-!

뒤에서 둔탁한 소리가 났다.

고개를 돌린 영웅의 눈에 파렐이 글러브를 들고 있는 게 보였다.

"아웃!"

2루심이 아웃을 선언했다.

[라인드라이브 타구를 잡아내는 파렐 선수입니다! 이번 이닝 두 개의 아웃 카운트를 잡아줍니다! 정확히 100개의 투구 수로 7이닝을 막아내는 강영웅 선수! 완벽한 복귀전을 치릅니다!]

8회 초.

파렐부터 타선이 시작됐다.

[좋은 수비를 보여주었던 파렐 선수, 좋은 타격도 보여주면 좋겠습니다.]

[만약 8회 초 점수가 난다면 승리투수는 강영웅 선수기 됩

니다.]

그 사실은 파렐 역시 알고 있었다.

또한 수비에서의 좋은 집중력이 아직까지 유지되고 있었다.

딱-!

[떨어지는 커브를 그대로 때렸습니다! 중견수 앞에 안타! 선두 타자가 출루하는 인디언스입니다!]

파렐이 1루 베이스 위에 서 있었다.

게다가 카운트에는 단 하나의 불도 들어오지 않았다.

팡-!

"스트라이크!"

[하파엘 선수, 초구를 그냥 보냅니다.]

[이럴 때 한국 야구라면 번트를 댈 가능성도 있습니다만 메이저리그에서는 그런 일이 벌어지지 않죠.]

메이저리그에서 희생번트는 극히 드문 일이었다.

물론 나오지 않는 건 아니었다.

감독의 성향이나 경기의 중요도에 따라 나오기도 하는 전략이었으니까 말이다.

하지만 오커닐은 선수를 믿는 타입이었다.

[2구 던집니다.]

세트 포지션에서 다리가 홈으로 향하는 그 순간.

파렐이 베이스를 박찼다.

타닥-!

[파렐 선수 달립니다!]

퍽-!

공이 홈 플레이트 위를 지날 때 하파엘이 스윙을 했다.

포수를 순간이나마 방행하기 위한 영리한 플레이였다.

덕분에 보스턴의 포수 데이먼의 송구가 0.1초 느려졌다.

퍼퍽-!

송구한 공이 정확히 2루수 글러브에 들어갔다.

태그도 이루어졌지만 이미 파렐이 베이스에 들어간 뒤였다.

"세이프!"

[도루 성공! 파렐 선수 올 시즌 17번째 도루를 성공시킵니다!]

분위기가 점점 인디언스 쪽으로 왔다.

'당겨서 때린다.'

좌투수인 하파엘이 3구를 그대로 당겼다.

딱-!

[잘 맞은 타구! 하지만 방향이 우익수 정면입니다.]

퍽-!

[우익수가 잡는 순간 파렐 선수 태그 업! 공도 3루로 향합니다!]

촤아아악-!

슬라이딩을 하는 파렐의 위로 공이 지나갔다.

퍽-!

태그를 했지만 3루심의 양팔이 좌우로 펼쳐졌다.

"세이프!"

[또다시 세이프입니다! 원 아웃에 주자는 3루! 파렐 선수의 발이 기회를 만들어냅니다!]

[8회에 파렐 선수의 집중력이 매우 좋습니다.]

타석에는 영웅의 파트너 페르나가 들어섰다.

[인디언스에서 가장 무서운 타자가 기회를 잡습니다.]

페르나는 초구부터 풀스윙을 가져갔다.

후웅-!

따악-!

경쾌한 소리가 그라운드 전체를 울렸다.

[날카로운 타구가 좌익선상 안쪽에 떨어집니다! 페어볼!! 그사이 파렐 선수 홈인! 페르나 선수는 2루에 들어갑니다! 1타점 적시 2루타가 터집니다!]

[더그아웃의 강영웅 선수가 기뻐하며 파렐 선수를 반겨줍니다.]

"굿이다!"

"오늘 밥 쏘는 거지?"

"그럼!"

영웅의 복귀전.

인디언스의 답답했던 타선이 8회 터졌다.

무려 4타점을 쓸어 담으며 순식간에 승기를 가져왔다.

영웅의 이후 마운드에 올라온 험튼이 1실점을 했지만 마무리 아담 윌슨이 압도적인 모습을 보여주며 2K 무실점 1세이브로 경기를 끝냈다.

[경기 끝났습니다! 강영웅 선수 복귀전에서 7이닝 무실점 9탈삼진을 기록! 시즌 14승을 올립니다. 인디언스는 드디어 연패의 늪에서 탈출합니다!!]

8장
포스트시즌을 향해!

[인디언스의 히어로가 돌아오다!]
[강영웅 복귀전에서 7이닝 무실점 역투를 선보이다!]
[클리블랜드 인디언스의 연패를 끊은 에이스의 복귀!]

모든 언론의 1면에 영웅의 이름이 실렸다.
그의 복귀는 사람들의 입에 오르내리는 큰 사건이 됐다.

같은 시각.
영웅은 보스턴 시내에 위치한 한정식 집에 앉아 있었다.
"한국 음식도 의외로 맛있는데?"
"의외라는 건 뭐야?"
파렐의 말에 영웅이 정색을 했다.
"하하! 칭찬이야, 칭찬, 이거 불고기라는 거 정말 맛있네.

양념이 달콤해서 잘 들어가."

"피로도 풀리는 기분이고 말이야."

페르나가 장단을 맞췄다.

영웅은 두 사람, 그리고 아담 윌슨, 험튼과 함께 한정식 집을 찾았다.

처음에는 파렐만 데려올 생각이었지만 중간에 세 사람이 합류했다. 덕분에 엄청난 양의 음식이 동나고 있었다.

금액이 걱정되긴 했지만 그래도 기분은 좋았다.

네 사람 모두 한국 음식을 좋아해 주니 말이다.

식사를 다 끝내고 그들의 앞에 후식이 나왔다. 즐거운 식사가 끝나고 일행이 식당을 나섰다.

발레파킹한 차가 오기 전 그들은 식당 앞에서 잡담을 나누며 시간을 보냈다.

그때 윌슨이 영웅에게 다가왔다.

"음식 잘 먹었다. 다음에는 내가 아일랜드 음식을 대접하도록 하지."

"기대할게요."

윌슨은 아일랜드 혼혈이었다.

할아버지가 아일랜드인이었다는 이야길 들었다.

성격이 차분해 마치 잭과 같이 있는 기분이 들게 할 때도 있었다.

"시즌도 이제 후반기로 접어들었군."

"그러게요."

"자네의 목표는 뭔가?"

"목표요?"

"그래, 사이영 상을 노리고 있다든지, 하는 것들 말이야."

"개인적인 목표는 사이영 상입니다. 그리고…….'"

주변에서 대화를 나누던 세 명의 선수도 그를 바라봤다.

"포스트시즌에 나가고 싶습니다."

"포스트시즌이라…….'"

현재 인디언스의 성적은 4위.

지구 1위인 로열스와의 경기 차는 무려 13경기가 차이 나고 있었다.

뒤집기란 거의 불가능에 가까웠다.

그렇다면 노려야 되는 건 와일드카드 결정전이다.

문제는 그 역시 쉽지 않다는 점이었다.

하지만 영웅은 그것을 원하고 있었다.

"최선을 다할 생각입니다. 최소한 전 나갈 수 있다고 믿으니까요."

영웅의 말에 윌슨이 미소를 지었다.

"믿는 자에게 길이 열리는 법이지. 나 역시 그렇게 믿고 최선을 다하도록 하지."

다른 세 명의 선수도 같은 생각이었다.

포스트시즌.

불가능할 거라 믿었지만 자신들의 에이스가 그것을 원하고 있었다.

그리고 믿고 있었다.

먼저 포기할 생각은 추호도 없었다.

[보스턴과 2차전, 인디언스의 플레이가 확연히 달라졌습니다.]

[집중력이 생겼어요. 이전에 보여주던 안일한 플레이는 오늘 경기에서 한 번도 나오지 않았습니다.]

하나의 승리가 가져다주는 효과는 컸다.

특히 그 승리가 팀의 에이스가 가져다준 것이라면?

그것도 복귀전에서 이루어 낸 승리라면 그 효과는 더더욱 클 수밖에 없었다.

딱-!

[잘 맞은 타구!!]

파렐이 타구를 보며 뒤로 물러났다.

속도가 붙은 타구가 순식간에 파렐의 머리 위를 지나갔다.

그 순간 개구리처럼 점프를 하며 글러브를 뻗었다.

픽-!

[파렐 선수의 호수비가 나옵니다! 어제에 이어 오늘도 좋은 수비를 보여줍니다!]

[타구의 속도가 빨랐는데도 집중력을 잊지 않고 좋은 타이밍에 점프를 해서 공을 낚아챘습니다! 아주 좋은 수비였어요.]

전날 경기의 집중력은 오늘도 이어졌다.

파렐은 공격에서도 좋은 모습을 연달아 보여주었다.

딱-!

[떨어지는 커브를 기술적으로 밀어 때립니다! 내야를 벗어나는 타구를 만들어내는 파렐 선수! 좋은 타격입니다.]

[무게중심이 무너진 상황에서도 손목 컨트롤만으로 공을 가볍게 밀었습니다. 덕분에 좋은 방향으로 공이 날아갈 수 있었어요.]

이날 경기에서 파렐은 4번 타석에 들어서 3안타 원 볼넷을 기록, 100퍼센트 출루를 완성했다.

또한 이런 파렐의 활약에 힘입어 9회까지 인디언스는 4 대 2의 스코어로 앞서 나갈 수 있었다.

[마운드에 인디언스의 마무리 아담 윌슨이 올라옵니다.]

윌슨은 언제나 덤덤한 표정이었다.

선발일 때도 그런 성격이었는데 마무리가 된 이후에도 마찬가지였다.

그래서 향간에서는 그를 타고난 마무리라 부르기도 했다.

딱−!

[초구 때립니다! 하지만 높게 뜬 타구! 내야를 벗어나지 못합니다.]

퍽−!

[알론조 선수가 파울 라인 밖에서 타구를 처리합니다.]

이후 두 명의 타자를 상대로도 깔끔하게 아웃 카운트를 잡아내며 경기를 끝냈다.

여전히 안정적인 경기 마무리였다.

인디언스는 보스턴 원정에서 3승 1패라는 좋은 성적을 올리며 떠날 수 있었다.

승리도 승리였지만 오커닐은 클럽하우스의 분위기가 바뀌었다는 점을 더 높게 생각했다.

영웅의 복귀 이후 두 번째 등판은 프로그레시브 필드였다. 그동안 관중 수의 하락이 이어졌던 홈구장이다.

하지만 영웅의 등판이 확정되자 전날 경기부터 매진을 이루었다.

화이트삭스와의 1차전 경기에서 인디언스는 0 대 2라는 스코어로 패배했다.

화이트삭스의 1선발인 존 워커에 의해 타선이 막혀 버렸다.

팬들은 실망했지만 그렇다고 예약 취소로 이어지지는 않았다. 2차전에서 자신들의 에이스 영웅이 마운드에 섰기 때문이다.

[강영웅 선수, 마운드에 오릅니다. 프로그레시브 필드에 엄청난 환호성이 쏟아지고 있습니다.]

[클리블랜드에서의 강영웅 선수의 인기는 그야말로 하늘을 찌르고 있습니다. 한국 선수이기 때문에 그렇게 말하는 게 아니라 사실이 그렇습니다. 그의 유니폼을 비롯해서 관련 상품이 모두 메이저리그 상위에 랭크될 정도로 팬들의 관심이 뜨겁습니다.]

[최근에는 한 게임사의 모델이 될 것이라는 뉴스도 나왔는데요.]

[맞습니다. 메이저리그는 매년 MLB 라이브라는 게임을 발매하고 있는데요. 그곳의 메인 표지에는 메이저리그를 대표하는 선수가 모델이 됩니다. 작년에는 사이영 상을 다시한번 수상했던 커쇼 선수가 표지 모델이 됐었습니다.]

[올해 강영웅 선수가 미국에 발매되는 MLB 라이브의 표지 모델이 된다면 동양인으로는 최초의 기록 아닙니까?]

[맞습니다. 과연 성사가 될지도 기대가 됩니다.]

퍼억-!

"스트라이크!!"

[초구 96마일의 빠른 공이 존을 통과합니다!! 스타트가 좋은 강영웅 선수, 시즌 15승 사냥을 위해 달립니다!]

영웅은 복귀 이전과 다름없는 공격적인 피칭을 이어갔다.

뻑-!

"스트라이크! 투!"

도망가는 피칭을 하는 일은 없었다.

스트라이크존에 연달아 공을 꽂아 넣었다.

칠 수 있으면 쳐 봐.

그런 느낌이 강하게 느껴졌다.

딱-!

"파울!"

타자들은 영웅의 공을 제대로 공략하지 못했다.

구속은 메이저리그 톱클래스급은 아니었다.

하지만 구위와 무브먼트는 단연 메이저리그 최고 수준이었다.

특히 횡으로 움직이는 테일링 무브먼트, 종으로 움직이는 라이징 무브먼트.

두 개의 무브먼트가 모두 뛰어나 타자들을 현혹시켰다.

퍽-!

"스트라이크! 아웃!!"

[4개의 공으로 첫 타자를 돌려세웁니다!]

경기는 투수전이 됐다.

4회까지 양 팀의 점수는 고작해야 1점에 불과했다.

인디언스의 페르나가 첫 번째 타석에서 선제 솔로 홈런을 기록한 것이다.

이후로는 두 투수 모두 별다른 위기 없이 5회를 맞이했다.

5회 초.

마운드에 오른 영웅이 첫 번째 위기를 맞이했다.

딱-!

[잘 맞은 타구! 유격수 키를 넘어 외야로 빠져나갑니다!]

[좋은 공을 던졌지만 타자 역시 좋은 타격을 보여주었습니다.]

영웅도 같은 생각이었다. 공이 손에서 빠지거나 하는 느낌은 없었다. 코스도 원하는 곳으로 들어갔다.

그런데도 맞은 건 어쩔 수 없는 일이었다.

문제는 다음 타자였다.

[화이트삭스의 3번 타자 세일 선수가 타석에 들어섭니다. 오늘 경기에서 유일한 멀티 안타를 기록한 선수입니다.]

[통산전적으로 보더라도 강영웅 선수에게 좋은 모습을 보여주었죠.]

[맞습니다. 두 선수는 총 17번을 만나 세일이 4할 7푼 3리를 기록하고 있습니다. 홈런 역시 2개나 기록 중이고요.]

천적이라고 표현할 수 있었다.

영웅에게 천적은 메이저리그 전체를 놓고 보면 5명 정도가 있었다.

그 선수들에게는 이상하게도 상성이 맞지 않았다.

이상한 일은 아니었다. 야구를 하다 보면 천적이 생기는 건 당연한 일이었다.

문제는 세일 앞에 오늘 경기 처음으로 주자가 들어서 있다는 점이었다.

'집중해서 던지자.'

여기서 점수를 주면 동점이 된다.

오늘 경기의 흐름상 1점 차 승부가 될 게 분명하다. 실점은 최대한으로 줄이는 게 좋있다. 무엇보나 이번 이닝이 승부처가 될 거라는 느낌이 강하게 들었다.

'몸 쪽 슬라이더.'

고개를 끄덕였다.

올 시즌 세일의 핫존과 쿨존은 바깥쪽과 몸 쪽으로 가늘

수 있었다.

바깥쪽은 4할이 넘는 타율이지만 몸 쪽은 2할대였다.

특히 몸 쪽에서 낮은 코스의 타율은 1할대로 매우 좋지 않았다.

영웅이 노리는 곳은 그곳이었다.

'제구에 조금 더 신경을 써서.'

집중력을 끌어올리자 가상의 존이 나타났다.

존을 잘게 쪼갰다.

노리는 곳은 몸 쪽 낮은 코스, 거기서도 존을 살짝 걸치는 코스였다.

아주 미세한 제구가 필요한 순간이었다.

영웅이 세트 포지션에 들어갔다.

1루 주자가 발로 땅을 끌면서 자꾸 소음을 만들었다.

어떻게든 투수의 신경을 분산시킬 목적이었다.

하지만 영웅은 거기에 말려들 정도로 어리숙하지 않았다.

눈빛으로 그의 움직임을 묶어두었다. 단순한 협박이 아니었다. 조금이라도 빈틈이 보이면 곧장 견제를 할 생각이었다.

주자 역시 녹록치 않았다.

그것을 알고는 무게중심을 베이스로 가져갔다.

그 순간, 영웅이 다리를 내디뎠다.

허리의 회전을 최대한으로 끌어내어 있는 힘껏 공을 뿌렸다.

쐐애애액-!

공이 세일의 몸 쪽으로 날아갔다. 그라운드와 가까운 관중석에서 탄식이 흘러나왔다.

그 순간 공이 예리하게 꺾이면서 존을 파고들었다.

후웅―!

그때를 놓치지 않고 세일의 배트가 날카롭게 회전했다.

오픈스탠스로 스텝을 밟은 것이 이미 바깥쪽 공을 노리고 있는 모양새였다.

따악―!

경쾌한 소리가 났다.

잘 맞은 타구가 우익수 방향으로 날아갔다.

[아아―! 이건 큽니다!!]

후진수비를 하고 있던 하파엘이 조금씩 뒤로 물러나며 타구를 확인했다.

높게 떠오른 타구를 잡을 때 중요한 건 타이밍이다.

'이건 펜스에 맞겠어.'

펜스와 다이렉트로 부딪히는 타구가 날아올 때 수비수가 할 수 있는 선택은 두 가지다.

바운드된 공을 잡아 빠르게 중계 플레이를 하거나 공이 펜스에 부딪히기 전에 점프해서 잡아내는 것이었다.

'잡을 수 있다.'

하파엘은 그렇게 판단을 내렸다. 놓치게 된다면 그에 따르는 결과는 실점이었다.

하지만 머릿속에 거기까지는 없었다. 잡을 수 있다고 판단을 내린 이상 더 이상의 망설임은 없었다.

"흡―!"

타이밍을 잡은 하파엘이 있는 힘껏 점프를 했다.

탄력 있는 근육으로 높게 점프한 하파엘이 손을 높게 들었다.

퍽―!

둔탁한 소리와 함께 글러브를 낀 손에서 묵직함이 느껴졌다.

쿵―!

그리고 추락했다.

땅에 떨어진 하파엘이 급하게 글러브 안을 확인했다. 글러브에 공이 들어 있었다.

"퍼스트!!"

그때 어느새 다가온 중견수 테일러가 1루를 가리키며 소리쳤다. 그제야 주자의 위치가 눈에 들어왔다.

2루 베이스를 막 지나고 있었다.

하파엘이 자리에서 일어나 전력을 다해 1루로 공을 뿌렸다.

쐐애애액―!

퍽―!

"아웃!"

레이저처럼 날아간 공이 그대로 알론조의 글러브에 꽂혔다.

[더블플레이가 만들어집니다! 좋은 수비 이후 집중력을 잃지 않고 1루에 공을 던져 주자마저 지워 버리는 하파엘 선수입니다!]

[주자의 본 헤드 플레이가 나왔습니다. 이런 타구가 나올 때는 2루 베이스 위에서 상황을 판단해야 되는데 그러지 못했어요.]

　순식간에 투 아웃.

　수비의 도움을 받은 영웅은 남은 한 개의 아웃 카운트마저 올리며 위기를 가볍게 넘어섰다.

　그리고 안정감을 찾으면서 7회까지 공을 던지며 1실점 14탈삼진을 기록했다.

　타격에서는 하파엘이 투런 홈런을 추가하며 좋은 수비 뒤에는 좋은 타격이라는 말을 다시 한번 증명했다.

　타선과 수비의 도움을 받으며 영웅은 시즌 15승을 기록, 사이영 상을 향한 도전이 계속됐다.

　[인디언스의 연승 행진이 계속되고 있습니다. 올스타 브레이크 이후 중부 지구 4위였던 순위는 현재 3위까지 올라 있습니다.]

　[미국의 여러 언론은 강영웅 선수의 부상 후 합류가 팀의 상승세를 견인했다는 평가를 내리고 있습니다.]

　[강영웅 선수는 작년 동양인 최초로 퍼펙트게임을 달성했고 올 시즌에는 노히트노런을 기록하며 데뷔 2년 차에 강한 임팩트를 남겼습니다.]

　수많은 언론이 영웅에 대한 기사를 쏟아냈다.

기사들의 내용은 대동소이했다.

그중에서 가장 많이 다루는 게 영웅의 개인 타이틀이었다.

현재 영웅은 아메리칸리그 공동 다승 1위에 이름을 올렸다.

부상 복귀 이후 3승을 기록하며 17승을 기록했다.

탈삼진 역시 210개를 돌파.

현 아메리칸리그 1위를 달리고 있었다.

이닝 역시 170이닝을 던지면서 200이닝 돌파가 확실시되는 상황.

전 부문 커리어하이를 기록하고 있는 영웅의 활약은 계속되고 있었다.

이런 영웅의 활약에 자극을 받기라도 한 걸까?

인디언스 타선이 점점 살아나기 시작했다.

특히 파렐의 활약이 대단했다.

매 경기 멀티 출루를 이어가면 리드오프의 진면목을 보여주고 있었다.

그의 갑작스러운 변화에 미국 언론들도 놀라고 있었다.

딱-!

[원 바운드 된 공이 높게 튀어 오릅니다!]

[체공 시간이 길어요.]

높게 뜬 공은 꽤 오래 공중에 머물렀다.

퍽-!

공을 포구한 3루수가 1루를 향해 강하게 송구했다.

쐐애애액-!

퍽-!

공이 박히는 순간 파렐이 베이스를 지나쳤다.

[세잎이냐, 아웃이냐?!]

"세이프!"

[세이프가 선언됩니다! 파렐 선수의 빠른 발이 내야 안타를 만들었습니다!]

[집중력 있는 플레이, 그리고 끈기가 만들어낸 안타입니다.]

[최근 5경기에서 멀티히트 경기를 이어가고 있는 파렐 선수, 멋진 모습을 오늘도 보여줍니다.]

리드오프의 출루는 중요하다. 대다수의 리드오프는 발이 빠르다. 주루플레이도 능해서 투수가 흔들리는 상황을 만들었다.

무엇보다 점수를 내기 용이했다.

이런 이유로 파렐의 변화는 인디언스가 연승을 할 수 있게 만든 이유가 됐다.

즉, 타격의 상승세를 이끌었다.

타격에 파렐이 있다면 마운드에는 영웅이 있었다.

쐐액-!

팡-!

"스트라이크!!"

[7회 말, 여전히 90마일 후반의 빠른 공이 전광판에 찍힙니다.]

[부상 이후 강영웅 선수의 내구력이 한층 더 강화된 느낌입니다.]

[말씀해 주신 대로 복귀 이후 7경기에서 모두 7이닝 이상을 던지는 퀄리티 스타트 플러스를 기록 중입니다.]

공을 받은 영웅이 로진을 손끝에 묻혔다.

그리고 방금 전 공을 복기했다.

'바깥쪽으로 빠진 공이었다. 페르나의 프레이밍이 좋았다. 타자 입장에서는 머리가 아플 거다. 저 코스를 잡아줬으니 다음 공도 그럴 거라고 생각할 테니까.'

페르나도 같은 생각이었다.

그 증거로 지금 나온 사인이 방금 전 코스보다 공 반개가 빠지는 곳이었다.

달라진 건 패스트볼에서 슬라이더로 바뀌었다는 거다.

'정확히 던져야 된다.'

간혹 투수 중에는 포수가 리드하는 곳으로만 던지려고 하는 이들이 있다. 대부분 경험이 부족한 선수이다.

나쁘다고 할 수 없다. 그것은 정상적으로 지나가는 과정이었으니 말이다.

하지만 영웅은 달랐다. 꿈의 그라운드에서 투수에 대해 배웠다. 거기서 귀에 못이 박히도록 들었던 게 생각하는 투수가 되라는 이야기였다.

생각하는 투수란 간단한 거다.

이 공을 왜 저기에 던져야 하는지 알라는 소리였다.

그리고 영웅은 그것을 정확히 알고 있었다.

'1루의 주자를 견제.'

힐끔-!

강렬한 눈빛을 보내자 주자가 놀라며 리드 폭을 늘리려던 걸 멈췄다.

[눈빛만으로도 좋은 견제를 보내고 있어요.]

주자의 무게중심이 왼발로 이동하는 그 순간, 발을 앞으로 내디뎠다.

"흡-!"

숨을 멈추며 팔을 돌렸다.

릴리스 포인트에서 손목을 꺾을 때, 조금 더 세밀하게 손가락에 힘을 주었다.

쐐애애액-!

공이 바람을 가르며 날아갔다.

'또 바깥쪽! 방금 전과 같은 코스인가?'

타자의 스윙은 이미 시작됐다.

투 스트라이크인 상황. 웬만큼 비슷하다면 공을 커트를 하든 때리든 해야 했다.

후웅-!

클로즈드 스탠스로 바깥쪽 공을 공략했다.

그때 공의 궤적이 바뀌더니 부메랑과 같은 궤적을 그려냈다.

'슬라이더! 제길!'

엉덩이를 빼고 상체를 쭉 내밀었다.

어떻게든 맞힐 작정이었다.

하지만 그보다 공이 한 개 더 빠져나갔다.

퍽-!

페르나가 안정적으로 공을 잡아챘다.

"스트라이크!! 아웃!!"

[삼진입니다! 주자가 나갔지만 불러들이는 데 실패하는 트윈스! 강영웅 선수는 탈삼진 14개를 올리며 7이닝 무실점으로 마운드를 내려옵니다.]

시즌 19승.

최근 승복이 없던 영웅이다.

하지만 이번 승리를 통해 20승 고지까지 단 1승만을 남겨두게 됐다.

탈삼진 역시 252개를 기록.

300개까지도 가능한 게 아니냐는 소리가 조금씩 나오기 시작했다.

스케줄상 영웅이 앞으로 등판할 경기는 5경기가 남아 있었다.

어떤 성적을 남길지 사람들의 귀추가 주목됐다.

경기 후.

오커닐 감독은 코치들과 함께 회의를 진행하고 있었다.

"슬슬 로열스가 눈에 보이기 시작하는군."

"그러게 말입니다. 14경기까지 차이가 나기 시작했을 때는 답이 보이지 않았는데. 이제 다섯 게임 차로 따라잡았네요."

후반기 인디언스는 미친 레이스를 보여주었다.

기나긴 연패를 끊고 연승을 이어갔다. 패배를 하더라도 단기적으로 끊어내고 다시 승리를 수집했다.

그 중심에 있던 건 단연 영웅이었다.

'패배가 연패로 이어지지 않게 중간에서 잘 끊어주었다.'

오커널이 남은 스케줄을 확인했다.

메이저리그의 마지막 경기는 10월 3일까지였다.

이후에는 포스트시즌이 이어진다.

현재는 9월 1일.

정확히 한 달이 남은 시점이었다. 한 달에 다섯 게임을 따라잡는 건 매우 어려운 일이었다.

하지만 최근의 기세라면 충분히 가능했다. 거기에 하나의 카드만 더 맞춰진다면 완벽했다.

"잭슨은 어떻지?"

"마이너리그에서 좋은 모습을 보여주고 있습니다. 존에 공을 꽂아 넣기 시작했어요. 무엇보다 주자가 나갔을 때도 흔들리지 않게 됐습니다."

"올라오면 가능성은?"

"확답은 할 수 없습니다. 하지만 실험해 볼 가능성은 있습니다."

"좋아, 녀석도 포함하도록 하지."

잭슨의 빅 리그 합류가 확정됐다.

"오른손 타자도 필요하다. 결정적인 기회일 때 한 방을 날려줄 놈이어야 돼."

"도슨은 어떻습니까? 정확도는 떨어지지만 맞기만 하면 넘어가는 녀석입니다."

"좋아, 또 없나?"

9월.

메이저리그에 확장 로스터가 적용되는 시점이다.

각 팀에서는 부족했던 선수를 보충하기 위한 머리싸움이 시작됐다.

이틀 뒤. 라커룸에 나온 영웅은 뜻밖의 인물과 마주했다.

"잭슨!"

"강!"

두 사람이 반갑게 인사를 나누었다.

"언제 올라왔어?"

"방금 전에. 로스터가 확장되면서 다시 올 수 있었다."

"그렇구나."

오랜만에 만났지만 어색함은 없었다.

잭슨과 대화를 나누던 영웅은 무언가 변했다는 걸 느낄 수 있었다.

'마이너리그에서 보낸 3개월이 헛되지 않았구나.'

원래 재능이 있던 잭슨.

빅 리그에 있으면서 좌절을 겪었던 그다.

이런 사람들은 두 가지로 나뉜다.

좌절에 먹히거나 이겨내거나.

다시 올라왔다는 건 이겨냈다는 소리와 다름없었다.

"그럼 난 몸 풀러 가야 돼서. 이따 경기장에서 보자."

"그래."

멀어지는 잭슨을 보며 영웅이 미소를 지었다. 잭슨의 합류는 팀에 도움이 될 것이다. 포스트시즌을 위한 카드가 맞춰질 수도 있다.

그런 생각이 들었다.

그리고 그 생각은 곧 확신으로 바뀌었다.

딱—!

[잘 맞은 타구, 중견수 키를 넘습니다. 1루 주자, 2루를 돌아 3루까지! 타자 주자는 2루에 멈춥니다.]

[그래도 공을 빠르게 잡아 릴레이 한 덕분에 동점 주자가 홈에 들어오지 못했어요. 다행입니다.]

[주자는 2루와 3루! 험튼 선수로는 어려워 보입니다.]

험튼의 투구 수는 22개였다.

매 투구 전력투구를 하는 계투의 특성상 한계라 할 수 있었다.

또한 오늘은 제구가 제대로 되지 않았다.

구속이 뒷받침되지 않는 험튼으로는 힘거운 상황이 된 것이다.

결국 오커닐이 마운드에 올랐다.

[여기서 투수가 교체되는군요.]

[인디언스가 4점을 리드하고 있지만 여기서 안타 한 방이면 트윈스가 2점 차까지 따라붙게 됩니다. 흐름상 어떻게 될지 모르게 되는 거죠.]

[확실히 막아주어야 된다?]

[예, 그렇습니다.]

[불펜에서 나온 선수는…… 잭슨 선수입니다. 다소 의외의 선택이네요.]

[트윈스가 오른손 타자가 연속으로 이어지니 나쁜 선택은 아닙니다. 하지만 3개월 전 제구가 흔들렸던 선수인데. 과연 그것을 보완했을지 걱정되네요.]

공에 건네받은 잭슨에게 오커닐이 말했다.

"점수는 내줘도 상관없다. 네가 원하는 공을 던져."

"예."

오커닐이 마운드를 내려갔다.

연습 투구를 시작하자 묵직한 소리가 그라운드를 울렸다.

퍽ㅡ!

퍼엉ㅡ!

"구속은 여전히 좋은데?"

"구속이 좋으면 뭐해? 주자가 있으면 흔들리는 녀석인데."

관중석에서 몇몇 관중이 잭슨에 대해 이야기를 하고 있었다.

그사이 광고가 끝난 한국 중계에 잭슨의 모습이 비쳤다.

[잭슨 선수, 이 위기의 상황을 잘 이겨 나갈지 걱정이 됩니다.]

오커닐은 잭슨에게 많은 기회를 줄 생각이 아니었다.

이제부터는 포스트시즌을 위해 한 경기, 한 경기가 중요했다.

'점수 차가 나 있는 상황에서도 잡지 못한다면 앞으로의 큰 경기에서는 더더욱 써먹을 수 없다.'

그렇다면 하루라도 빨리 다른 선수로 대처를 해야 했다. 잔인한 생각일 수도 있다.

하지만 감독은 때로는 냉정하게 생각해야 했다.

[잭슨, 초구 던집니다.]

퀵 모션으로 빠르게 공을 뿌렸다.

쐐애애액-!

뻐억-!

"스트라이크!!"

[괴…… 굉장합니다! 초구 99마일이 전광판에 찍힙니다!]

[원래부터 공이 빠르긴 했지만 역시 대단하네요.]

따악-!

"파울!"

[2구, 배트에 맞히긴 했지만 파울이 됩니다.]

쐐액-!

퍼억-!

"스트라이크!! 아웃!!"

[삼구삼진! 몸 쪽을 찌르는 날카로운 공으로 삼진을 잡아

내는 잭슨 선수!]

[이야-! 멋진 공이었습니다. 무엇보다 바깥쪽, 바깥쪽을 던지다 3구를 몸 쪽으로 던지면서 타자의 허를 찔렀어요.]

이후 두 명의 타자마저 삼진과 내야 뜬공으로 돌려세우며 잭슨은 이닝을 마감했다.

'예상보다 더 강해져서 돌아왔군.'

오커닐 감독은 흡족한 미소를 지었다.

이로써 인디언스의 마지막 카드가 맞춰졌다.

9장
정규 시즌 종료

잭슨의 합류는 인디언스에게 큰 힘이 됐다.

인디언스에 빈자리는 셋업맨이었다.

확실한 마무리가 있지만 거기까지 이어줄 마지막 카드가 부족했다.

오커닐은 그 자리에 잭슨을 앉혔다.

예상보다 파격적인 결정이었지만 잭슨은 그 임무를 충실하게 이어갔다.

3경기 연속 무실점을 이어갔고 탈삼진은 순식간에 두 자릿수로 늘렸다.

그리고 인디언스는 원정길에 나섰다.

상대는 중부 지구 1위 캔자스시티 로열스였다.

[이번 로열스와의 4연전은 인디언스 입장에서는 매우 중요합니다. 만약 4전 모두 승리를 한다면 순식간에 힌 게임

차로 좁힐 수 있게 됩니다.]

[그러기 위해선 첫 단추가 매우 중요하겠군요?]

[맞습니다. 그래서 오늘 경기가 매우 중요하죠.]

[그 중요한 경기를 이기기 위해 인디언스의 마운드에는 강영웅 선수가 서 있습니다. 오늘 경기에서 이긴다면 동양인 최초로 20승 고지에 오르게 됩니다.]

"플레이볼!!"

[경기 시작됩니다.]

메이저리그에서 한 시즌에 두 자리 승수를 올리는 건 힘들었다. 그 증거로 은퇴까지 10승을 올리지 못하는 투수도 수두룩했다.

그런데 한 시즌 20승이라니?

대단한 성적이라고 할 수 있었다.

실제로 동양인 선수들 중에 20승에 도달한 선수는 없었다.

대기록이 눈앞에 있었지만 영웅은 흥분하지 않았다. 평소처럼 침착하게 피칭을 이어갔다.

퍽-!

"볼!"

[몸 쪽 높은 코스의 볼입니다.]

[위험했습니다. 타자가 상체를 돌려 피하지 않았다면 데드볼이 됐을 수도 있어요.]

[투 볼 투 스트라이크에 강영웅 선수 일곱 번째 공을 던집니다.]

"흡-!"

영웅의 손을 떠난 공이 매서운 회전과 함께 날아갔다.

이번에도 몸 쪽을 파고드는 공이었다.

타자의 입장에서는 직전의 공이 뇌리에 남아 있을 수밖에 없었다. 자연스레 빠졌다고 판단을 내리며 상체를 닫으며 공을 피했다.

그 순간 공이 궤적을 바꾸며 존으로 빨려 들어갔다.

슬라이더였다.

휘리릭-!

퍽-!

"스트라이크!! 아웃!"

[삼진입니다! 오늘 경기 9번째 탈삼진을 기록하는 강영웅 선수!]

[영리한 투구였습니다. 6구를 몸 쪽에 붙여 타자가 피하게 만들었어요. 이후 슬라이더를 같은 코스에 던져 존으로 흘러 들어오게 만들었습니다. 타자의 입장에서는 이전 공의 잔상이 남아 있어 피할 수밖에 없었어요.]

[좋은 투구로 4회를 마감하는 강영웅 선수, 마운드를 내려갑니다. 저희는 잠시 후 4회 말 인디언스의 공격으로 찾아오겠습니다.]

영웅의 오늘 컨디션은 좋았다.

12개의 아웃 카운트 중 9개나 삼진으로 잡아냈다.

최고 구속은 97마일로 나쁘지 않았다.

1피안타를 허용하긴 했다.

하지만 실점은 아직까지 허용하지 않았다.

"오늘 컨디션 좋은데?"

"그래?"

"공의 회전이 좋아. 무브먼트도 홈 플레이트 위에서 제대로 이루어지고."

영웅은 매 이닝 페르나와 의견 교환을 했다.

자신이 모르게 이상이 생겼을 수도 있으니 말이다.

대화를 나누다 보니 다시 경기장에 나갈 시간이 다가왔다.

딱-!

퍽-!

[잘 맞은 타구가 라인드라이브로 잡힙니다. 이번 이닝에도 점수를 내지 못하는 인디언스입니다.]

스코어는 0 대 0.

두 팀의 투수전이 이어지고 있었다.

5회.

[강영웅 선수가 여전히 마운드를 지키고 있습니다.]

쐐액-!

퍽-!

"스트라이크!!"

[초구 존 바깥쪽을 날카롭게 찌릅니다. 원 스트라이크!]

쐐액-!

후웅-!

"스트라이크!! 투!"

[떨어지는 변화구에 헛스윙 합니다!]

쐐액-!

퍽-!

"볼!"

[바깥쪽 코스, 하지만 구심의 손은 올라가지 않습니다.]

[공을 일부러 하나를 뺐습니다. 이번에는 승부구가 들어올 가능성이 높아요.]

와인드업을 한 영웅이 공을 뿌렸다.

쐐애애액-!

바깥쪽을 노리던 타자의 몸 쪽을 찔렀다.

퍽-!

"스트라이크!! 아웃!"

[첫 타자 스탠딩삼진입니다!!]

[허를 찌르는 공이었어요. 바깥쪽 멀리 던지는 공을 보여주고 이번에는 몸 쪽으로 던졌어요.]

쐐액-!

퍽-!

"스트라이크!!"

[두 번째 타자에게도 초구 스트라이크를 잡아냅니다.]

쐐액-!

딱-!

[높게 뜬 타구, 내야를 벗어나지 못합니다. 2루수 자리를 잡습니다. 안정적으로 공을 잡아냅니다, 투 아웃!]

[메이저리그의 기라성 같은 타자들에게 정면 승부를 걸고 있어요. 하지만 공략을 하지 못하고 있습니다.]

[7번 타자가 타석에 들어섭니다.]

쐐애액-!

후웅-!

퍽-!

"스트라이크!!"

[초구에 배트 돕니다!]

[초구를 노린 거 같지만 구위로 눌렀습니다.]

[투 스트라이크로 유리한 카운트를 잡았습니다. 여기서 유인구를 던질 수도 있겠네요.]

쐐애애액-!

[3구 던집니다!]

빠르게 날아오는 공이 타자의 가슴팍 높이로 날아갔다.

타자의 눈높이였다.

후웅-!

배트가 허공을 갈랐다.

퍽-!

"스트라이크!! 아웃!"

[삼구삼진!! 마지막 타자를 세 개의 공으로 돌려세웁니다!]

[하이 패스트볼이 제대로 들어갔어요. 눈높이로 들어오기 때문에 반사적으로 배트가 나올 수밖에 없었습니다.]

[두 개의 탈삼진을 잡아내며 오늘 경기 11탈삼진을 기록한 강영웅 선수가 마운드를 내려갑니다!]

6회, 7회.

영웅의 무실점 행진이 이어졌다.

로열스 역시 투수의 역투가 이어지면서 인디언스가 점수를 내지 못했다.

하지만 7회 말.

인디언스에게 기회가 찾아왔다.

딱-!

[잘 맞은 타구! 3유간을 가릅니다! 파렐 선수 안타를 기록하며 1루 베이스를 밟습니다.]

[욕심을 내지 않고 타구를 가볍게 밀어 쳤어요.]

[여기서 감독이 마운드를 방문합니다.]

[투구 수가 벌써 107개가 넘었습니다. 바꿔도 이상하지 않은 투구 수입니다.]

[투수가 교체됩니다.]

로열스의 투수 교체는 곧 인디언스의 기회였다.

오커닐 감독이 움직였다.

"왼손 투수가 올라오는군."

"데커를 준비시킬까요?"

"그래."

데커는 올 시즌 대타로만 11개의 홈런을 때려냈다.

하지만 약점이 있었다. 컨택 능력이 떨어진다는 점이었다.

즉, 한 방만 노릴 수 있는 선수가 데커였다.

[대타 데커 선수가 나옵니다. 올 시즌 왼손 투수에게 7개의 홈런을 뽑아냈던 선수인데요.]

[승부수를 걸었다. 그렇게 봐야겠습니다.]

거구의 데커가 타석에 들어섰다.

바뀐 투수는 왼손 사이드암으로 던지는 일본인 투수 하야타였다.

[하야타 선수, 초구 던집니다.]

파렐을 눈으로 견제하다 그대로 홈을 향해 공을 뿌렸다.

쐐애애액-!

빠르게 날아오는 공이 가운데로 몰렸다.

데커의 배트가 매섭게 돌았다.

따악-!

[쳤습니다! 빠르게! 그리고 멀리! 타구가 그대로 담장을 넘어갑니다!! 투런 홈런으로 선취점을 뽑아내는 인디언스입니다!!]

[8회 초, 강영웅 선수가 원 아웃을 잡습니다.]

[8회 원 아웃을 잡았지만 투구 수가 아직 94개밖에 되지 않습니다. 완투도 가능한 투구 수입니다.]

2점의 리드를 등에 업은 영웅은 여전히 안정적이었다.

원 아웃을 삼진으로 잡아내고 두 번째 타자를 상대했다.

[3구, 던집니다.]

딱-!

[빗맞은 타구, 3루수가 처리할 수…… 아-! 3루수, 놓칩니다! 공은 뒤로 빠졌고 타자는 1루 베이스에 멈춥니다.]

[충분히 잡을 수 있는 타구였는데요. 너무 마음이 급했습니다.]

[수비의 에러로 원 아웃 1루 상황이 됩니다.]

충분히 아웃 카운트가 올라갔어야 될 상황.

기분이 나쁠 수도 있지만 영웅은 크게 신경 쓰지 않았다.

'에러도 경기의 일부다.'

오히려 3루수 데커에게 괜찮다는 사인을 보냈다.

[아무래도 오늘 경기 승부처가 될 것으로 보입니다. 점수를 낸 상황에서 에러로 주자를 내보낸 상황, 여기서 잘 처리를 해줘야 합니다.]

영웅이 퀵 모션으로 공을 뿌렸다.

쐐액-!

딱-!

[3루 관중석으로 떨어지는 파울입니다.]

[파울이 되긴 했지만 타이밍은 맞았습니다.]

'집중…… 집중…….'

영웅도 지금 상황이 승부처라는 걸 잘 알고 있었다.

그렇기에 더욱 집중력을 끌어올렸다.

이번 이닝이 끝이라는 심정으로 손끝에 힘을 집중시켰다.

쐐애액-!

뻐억-!

"스트라이크! 투!!"

[2구는 스트라이크입니다! 타자의 몸 쪽을 강하게 찌르는 96마일의 빠른 공입니다!]

[초구가 94마일, 그것보다 2마일이나 빨라졌으니 타자의 입장에선 더 빠르게 보였을 겁니다.]

'집중……!'

쐐애액-!

[3구, 던집니다.]

타자의 배트가 돌았다.

후웅-!

그 순간 공이 밑으로 뚝 떨어졌다.

퍼퍽-!

[원 바운드가 된 공을 포수가 몸으로 막습니다! 1루 주자 2루로 달리지 못합니다! 투 아웃-!]

[지금 던진 종 슬라이더는 정말 좋았습니다.]

[8회 말, 남은 아웃 카운트는 하나입니다!]

쐐애액-!

후웅-!

"스트라이크!!"

[초구 떨어집니다! 스플리터로 카운트를 잡아냅니다!]

[초구 빠른 공을 노렸지만 거기에 허를 찔러 공을 떨어뜨렸습니다.]

쐐액-!

뻐억-!

"스트라이크! 투!!"

[95마일의 빠른 공이 바깥쪽 낮은 코스를 찌릅니다!]

'바깥쪽 슬라이더.'

페르나의 사인에 영웅이 고개를 저었다.

'떨어지는 커브.'

이번에도 고개는 좌우로 움직였다.

'몸 쪽 포심.'

고개를 끄덕였다.

영웅이 1루 주자를 노려보다 전력으로 공을 뿌렸다.

쐐애애액-!

'몰렸다!'

페르나의 얼굴이 굳어졌다.

공이 한가운데로 몰렸기 때문이다.

타자의 배트도 한가운데로 몰린 공을 노리고 있었다.

뻐억-!

하지만 공이 먼저 플레이트 위를 지나쳤다.

"스트라이크!! 아웃!"

[삼진!! 마지막 아웃 카운트를 삼진으로 처리하는 강영웅 선수입니다!]

[마지막 공은 정말 멋졌습니다. 한가운데로 몰렸지만 구위로 타자의 배트를 눌렀어요!]

[오늘 경기 16번째 탈삼진을 기록하며 강영웅 선수가 마운드를 내려갑니다!]

8회 말.

인디언스는 추가점을 내지 못했다.

9회 초가 되었을 때, 많은 사람은 투수가 교체될 거라 예상했다.

이미 투구 수가 100개가 넘은 영웅이다.

또한 점수도 2점밖에 리드하지 못하고 있는 상황.

안정적으로 마무리 투수인 윌슨을 올려 경기를 끝내는 게 맞는 상황이었다.

하지만 오커닐의 선택은 영웅이었다.

[9회 초! 강영웅 선수가 다시 한번 마운드에 올라옵니다. 이건 좀 예상 밖의 일인데요?]

오커닐은 영웅을 믿었다.

그렇기에 윌슨을 아끼는 선택을 할 수 있었다.

그리고 영웅은 그런 오커닐의 믿음에 보답하듯 호투를 이어갔다.

쐐애액-!

뻑-!

"스트라이크!!"

[바깥쪽 높은 코스로 들어오는 공이 스트라이크가 됩니다! 카운트는 투 볼 투 스트라이크!]

[역시 투구 수가 많아지면서 존이 흔들리고 있습니다. 낮게 제구 되던 공들이 전체적으로 높아졌어요.]

"흡-!"

[5구 던집니다.]

후웅-!

퍽-!

"스트라이크!! 아웃!"

[떨어지는 스플리터로 아웃 카운트를 올립니다!]

남은 아웃 카운트는 두 개.

거친 호흡을 뱉으며 영웅이 로진을 손끝에 묻혔다.

'몸 쪽 패스트볼.'

영웅이 고개를 끄덕였다.

페르나의 사인은 다소 단조로워졌다.

어쩔 수 없었다. 체력이 떨어지면서 영웅의 악력도 떨어졌기 때문이다.

밋밋하게 들어오는 변화구는 바로 먹잇감이 되는 게 메이저리그였다.

쐐애액-!

딱-!

[잘 맞은 타구!]

타구의 방향은 좌중간이었다.

좌익수 로건이 맹렬하게 달려갔다.

"마이!!"

로건의 외침에 중견수 테일러가 타구가 떨어지는 뒤로 물러났다.

그 순간, 로건이 몸을 날렸다.

퍽-!

좌아악-!

[슈퍼 캐치가 나옵니다! 로건이 다이빙캐치로 안타를 지웁니다!]

호수비로 투 아웃을 올린 영웅의 어깨가 한결 가벼워졌다.

[투구 수는 114개로 올 시즌 최다 투구 수를 경신합니다.]

영웅이 와인드업을 했다.

[115번째 공을 던집니다.]

쐐애액-!

몸 쪽에 붙는 패스트볼에 타자의 배트가 돌았다.

딱-!

경쾌한 소리와 함께 공이 3루 방향으로 날아갔다.

퍽-!

직후 묵직한 소리가 들려왔다.

고개를 돌린 영웅의 눈에 데커가 글러브를 들고 있는 모습이 보였다.

[라인드라이브 타구를 잡아내는 3루수 데커 선수!! 세 번째 아웃 카운트를 잡아냅니다!! 완봉승으로 동양인 최초 시즌 20승 고지에 오르는 강영웅 선수입니다!!]

인디언스는 로열스와의 시리즈에서 3승 1패를 기록하며 경기 차를 1경기까지 좁혔다.

그리고 올 시즌 처음으로 중부 지구 2위에 오르면서 포스트시즌 진출의 희망을 불태우고 있었다.

그 중심에는 단연 강영웅이 있었다.

시즌 20승을 넘긴 영웅은 이후 경기에서도 호투를 이어갔다.

뻐억-!

"스트라이크!! 아웃!"

[삼진입니다! 오늘 경기 7이닝 3실점을 기록한 강영웅 선수입니다!]

비록 3실점을 했지만 이날 경기에서도 영웅은 승리투수가 되며 시즌 21승을 올렸다.

다음 경기에서는 승패 없이 6이닝 2실점을 기록하며 마운드를 내려갔다.

올 시즌 세 번째로 7이닝을 소화하지 못한 경기였다.

그리고 시즌 마지막 경기.

쐐애액-!

퍽-!

"스트라이크!! 아웃!"

[경기 끝! 인디언스의 마무리 아담 윌슨이 세 타자를 돌려세우며 승리를 지켜냅니다! 오늘 경기의 승리투수는 강영웅 선수로 시즌 22승을 올리게 됩니다!]

이번 시즌.

영웅에게 있어 위기란 없었다.

시즌 중반 물집으로 인한 이탈이 있긴 했지만 그 외에는 훌륭한 시즌이었다.

시즌 내내 선발로만 등판해 22승 5패를 기록했다.

평균 자책점 1.75, 탈삼진 273개를 잡아냈고 207이닝을 던지며 자신의 진가를 드러냈다.

인디언스는 마지막까지 로열스를 따라잡기 위해 노력했다.

하지만 역전에 실패했다.

결국 와일드카드 결정전으로 만족해야 했다.

상대는 텍사스로 결정됐다.

오커닐 감독을 비롯해 코칭스태프는 매일 밤마다 회의를 거듭했다.

와일드카드 결정전은 한 경기로 결정됐다.

여기서 이기면 디비전 시리즈에 진출, 이미 진출한 팀들 중 가장 승률이 높은 팀과 시리즈를 진행하게 된다.

"텍사스에선 하야토가 나오겠군."

"그럴 가능성이 높습니다. 시즌 막판 로테이션을 걸렸으니까요."

하야토.

오오타니가 메이저리그에 진출하기 전, 일본을 대표하는 투수 중 한 명이었다.

최근 오오타니의 활약으로 그 위상이 줄어들긴 했지만 여전히 강력한 일본 출신 투수였다.

올해는 풀 시즌을 뛰지 못했지만 13승 6패 평균 자책점 3.06을 기록했다.

전체 성적만 놓고 보면 와일드카드 결정전에 나오긴 어려워 보이긴 했다. 하지만 그가 후반기 5연승을 거두었다는 점을 봤을 때 가능성은 높았다.

또한 포스트시즌 경험 역시 가지고 있었다.

"우리는 어떻게 할까요? 역시 강을 선발로 내세우실 생각이신가요?"

"음……."

오커닐은 바로 대답하지 못했다.

그 모습이 다소 의외였다.

올 시즌 인디언스에서 가장 믿을 수 있는 투수가 바로 영웅이었다.

22승으로 메이저리그 다승 전체 1위에 올랐다.

평균 자책점은 클레이튼 커쇼에 밀려 2위가 됐지만 탈삼진과 최다 이닝이란 타이틀 역시 거머쥐었다.

그런데도 오커닐은 고민하고 있었다.

그 이유는 하나였다.

경험.

영웅은 메이저리그에서 수많은 실전을 치렀다.

50경기 이상을 선발로 뛰었고 수많은 승리를 챙겼다.

하지만 아직 포스트시즌에서의 경험은 없었다.

정규 시즌과 포스트시즌은 전혀 다른 압박감을 가지고 있다.

특히 와일드카드 결정전은 단판전이다.

지면 바로 탈락이다. 가을야구가 끝이라는 소리였다.

그래서 오커닐은 디비전 시리즈 진출을 바랐던 것이다.

'결과는 실패했다. 그건 더 이상 미련을 둬선 안 돼.'

남은 건 와일드카드 결정전이다.

영웅을 포기한다면 2선발인 맥코이 밀러가 있었다.

포스트시즌에 대한 경험도 있었다.

3년 전, 월드시리즈까지 경험했던 선수다.

디비전 시리즈부터 선발로 3경기에 나섰다.

결과도 괜찮았다. 3경기를 던지면서 6이닝 1실점, 4이닝 3
실점, 7이닝 무실점을 했었다.

덕분에 당시 깜짝 스타가 됐었다.

올 시즌에도 인디언스에서 꽤 좋은 성적을 냈다.

총 27경기에 나와서 14승 10패 평균 자책점 3.72를 기록했다.

영웅의 성적이 워낙 압도적이라 그렇지 나쁘지 않은 성적
이었다.

문제는 이후다.

'언론, 팬, 그리고 구단주와 단장까지. 모든 이가 강영웅을
선발로 내세우는 걸 원하고 있다.'

강영웅을 선발로 내세워 성공한다면 당연한 거고 실패해
도 본전치기다.

하지만 맥코이 밀러를 선발로 내세운다면?

성공한다 해도 그리 좋은 소리는 듣지 못한다.

하물며 실패한다면?

모든 책임을 혼자 감당해야 했다.

단순 책임이라면 다행이다. 만에 하나 경질 이야기까지 나온다면?

'이런 순간에는 당연한 카드를 내야 한다.'

당연한 카드란 영웅이었다.

"선발은 강으로 가도록 하지. 밀러는 디비전 시리즈를 위해 남겨둔다. 하지만 상황에 따라서는 밀러 역시 투입시킬 수 있어."

"예."

와일드카드의 선발이 결정됐다.

[와일드카드 결정전 선발로 강영웅이 확정됐다.]
[메이저리그에서 열리는 한일전! 과연 승자는?]

와일드카드 결정전을 앞둔 밤.

영웅은 떨리는 마음에 잠을 쉽사리 이루지 못했다.

정규 시즌과는 뭔가 달랐다. 정확히 설명할 수 없지만 긴장감이 온몸을 감싸고 있었다.

'가을야구가 긴장이 더 된다고는 들었지만……'

꿈의 그라운드 시절.

가을야구를 했던 선수들에게 이런저런 이야기를 들었다.

전날 밤에 잠을 못 잤다고 한 선수도 있었다.

반대로 정규 시즌과 다를 바 없다고 하는 사람들도 있었다.

영웅은 전자에 가까웠다.

긴장감으로 잠을 이룰 수 없었다.

'국가대표일 때도 이렇게까지 떨리진 않았는데.'

그럴 만도 했다.

국가대표라는 책임감을 알기엔 이른 나이였다.

하지만 가을야구는 다르다. 자신이 직접 동료들과 싸워왔다.

그렇기에 의미가 남달랐다. 팀원들이 같이 고생해 온 시간이 이제 영웅의 어깨에 달려 있었기 때문이다.

'페넌트레이스와는 전혀 다르다.'

설마 이렇게까지 다를 줄이야.

영웅은 생전 처음 경험하는 가을야구의 압박감에 쉽사리 잠을 청하지 못했다.

다음 날.

컨디션은 최악이었다. 잠을 3시간밖에 자지 못한 탓이다. 밤을 새우고 아침에서야 잠깐 자고 일어났다.

덕분에 약간의 피곤은 풀렸다.

하지만 긴장은 여전히 그의 어깨를 누르고 있었다.

"강, 표정이 왜 그래?"

윌슨이 걱정스러운 표정으로 물었다.

"잠을 좀 설쳤어요."

"너도?"

옆에 있던 페르나가 물어왔다.

그 역시 안색이 썩 좋지 않았다.

"나도 오늘 다섯 시간밖에 못 잤어. 아…… 너무 긴장되더라고."

클리블랜드는 작년부터 리빌딩을 했다.

결과는 성공적이었다.

주전 선수들의 나이가 대폭 어려졌다.

문제는 그로 인한 베테랑의 부재였다. 올 시즌 클럽하우스의 리더가 없던 것과 같은 이유였다.

단기전에서 베테랑의 존재는 컸다. 특히 인디언스처럼 주전 선수 대부분이 포스트시즌의 경험이 없다면 더더욱 말이다.

'불안 요소가 많은데.'

윌슨은 클럽하우스를 둘러봤다.

대부분의 어린 선수가 긴장하고 있었다.

평소보다 날카롭고 뭔가 어수선한 분위기가 클럽하우스를 감돌았다.

'어떻게 해야 되려나.'

윌슨 역시 이런 상황은 처음이었다.

그 역시 올해가 첫 포스트시즌이었다.

나이가 많다고 해서 이런 경험까지 가지고 있는 건 아니었다.

윌슨은 가는 팀마다 포스트시즌과는 인연이 별로 없었다.

때로는 마이너리그에 있을 때도 많았고 말이다.

"아, 저 전화 좀 받고 올게요."

영웅이 스마트폰을 들고 클럽하우스를 나갔다.

휴게실에 도착한 영웅은 바로 전화를 받았다.

"형님!"

─오랜만이다.

상대는 다름 아닌 박형수였다.

최성재를 통해 간간히 소식을 접했다.

올 시즌에도 50개의 홈런을 비롯해 전 부문 커리어하이 시즌을 보냈다.

소식은 들었지만 직접 통화를 하는 건 오랜만이었다.

한국과 미국의 시차 때문이었다.

두 사람 모두 프로 생활을 하니 통화를 할 시간이 없었다.

─기사로 봤다. 오늘 와일드카드 선발로 나선다고?

"네, 그렇게 됐습니다."

─긴장하고 있을 게 눈에 선하네.

"하하……."

정곡을 찔렀다.

마지막으로 본 게 1년이 지났지만 여전히 직설적인 사람이었다.

─잘될지 모르겠지만 경기를 즐겨라. 정규 시즌의 연장선 상이라고 생각해.

"그게 잘 안 됩니다."

─인마! 넌 국가대표로도 뛰었던 놈이야. 그런데 그렇게 긴장이 돼?

"이런 말씀 드리면 어떻게 생각하실지 모르겠지만……."

─국가대표보다 더 떨린다고?

"……예."

잠깐의 침묵이 이어졌다.

─그럼 눈앞의 것만 봐라.

"눈앞의 것이요?"

─그래. 경기 이후, 한 이닝 이후를 보지 말고 한 타자……
아니, 공 한 개만 보고 던져. 네가 떨고 있는 건 탈락을 생각
하고 있기 때문이다. 물론 어려운 일이라는 건 안다. 하지만
네가 자꾸 이후의 일을 생각한다면 넌 너의 힘을 제대로 써
보지도 못할 거다.

"공 하나……."

─그리고 형이 말했지? 형이 국가대표라는 책임감에 짓눌
리고 있을 때, 어떤 생각을 했는지?

"풉……!"

문득 웃음이 터졌다.

─긴장으로 경기 못할 바에는 확! 거시기 떼버려!

"예!"

[가을야구에 가기 위한 마지막 관문, 와일드카드 결정전이
드디어 시작됩니다. 이곳은 클리블랜드 인디언스의 홈구장
인 프로그레시브 필드입니다.]

와일드카드 결정전은 두 팀 중 승률이 더 높은 팀의 홈에서 열리게 된다.

인디언스가 레인저스보다 1푼이 더 높아 프로그레시브 필드에서 결정전이 열리게 됐다.

[마운드에 강영웅 선수가 올라옵니다. 메이저리그 역사상 가장 어린 나이에 포스트시즌 선발 무대에 오르게 되었습니다.]

마운드에 선 영웅이 연습 투구를 던졌다.

[강영웅 선수는 레인저스와 3번 대결을 펼쳤습니다. 전적은 2승 1패로 평균 자책점은 2.15를 기록했었습니다.]

[레인저스에서 조심해야 될 타자는 3번 크리스 선수입니다. 올 시즌 강영웅 선수에게 쓰라린 홈런을 기록하기도 했었습니다.]

"플레이볼!"

[경기 시작됩니다.]

10장
첫 번째 포스트시즌

"플레이볼!"

구심의 신호와 함께 영웅이 상체를 숙였다.

페르나가 사인을 보냈다.

'몸 쪽 포심 패스트볼.'

고개를 끄덕인 영웅이 상체를 세웠다. 플레이트를 밟은 영웅은 떨리는 마음을 진정시켰다.

'경기 다음을 볼 필요는 없다. 이 공 하나만 보고 던지자.'

박형수의 조언이 도움이 됐다.

뒤를 보지 않고 당장 앞만 보니 가슴이 조금씩 진정됐다.

'지금 던져야 될 건 패스트볼.'

영웅이 와인드업을 했다. 상체를 비틀어 힘을 모았다.

그리고 비틀린 상체를 회전시키면서 공을 뿌렸다.

쐐액—!

뻑-!

"스트라이크!!"

[초구, 96마일의 빠른 공이 미트에 꽂힙니다! 좋은 스타트입니다!]

[또다시 삼진! 오늘 경기 5번째 탈삼진을 기록합니다!]

"짜식! 긴장은 무슨."

박형수는 스마트폰으로 중계를 보고 있었다.

벌써 4회.

영웅은 강력한 구위로 텍사스 타자들을 잠재우고 있었다.

"이런 상황이면 걱정할 필요는 없었겠네."

자신이 괜한 일은 한 건 아닌가 싶었다. 하지만 영웅은 박형수의 조언을 듣고 마음의 안정을 찾았다.

덕분에 좋은 투구를 이어가고 있었다.

그런 사실을 모르는 박형수로서는 당연한 생각이었다.

"그나저나 슬슬 점수가 나야 될 텐데."

박형수는 중계창 위의 점수를 확인했다.

양 팀, 0 대 0의 스코어를 유지하고 있었다.

문제는 그게 아니었다.

레인저스는 안타가 2개나 나온 반면 인디언스는 아직까지 안타가 나오지 못했다.

"타자들의 몸이 굳어 있는 게 더 큰 문제지만."

선수들이 전체적으로 몸이 굳어 있었다.

박형수의 타격은 월드 클래스였다.

화면으로만 보더라도 타자들의 몸상태를 알 수 있었다.

"몸이 굳어 있는 상태에서 타격까지 풀리지 않으면……."

더 큰 문제는 이후였다.

[딱─!]

[잘 맞은 타구! 하지만 중견수가 충분히 처리할 수……
아!! 놓쳤습니다!]

"저런!"

중견수의 글러브에 맞은 공이 좌익수 쪽으로 굴러갔다.

공교롭게도 좌익수는 중견수의 뒤로 백업을 온 상황, 즉
중견수가 다시 달려 공을 잡아야 된다는 소리였다.

[주자 2루 베이스를 돌았습니다! 공을 잡은 테일러, 3루로
공 던집니다!]

송구는 정확히 이루어지지 않았다.

한참이나 벗어났고 주자는 안정적으로 3루에 도착했다.

[송구 빗나갑니다. 실책으로 1사 3루의 위기를 맞이하는
인디언스입니다.]

[빠른 타구이고 잘 맞긴 했지만 메이저리그 주전 외야수라
면 충분히 처리했어야 될 타구입니다.]

리플레이가 나왔다.

해설자의 말대로 분명 잡을 수 있는 타구였다.

"수비에도 균열이 가기 시작하는군."

박형수가 안타까운 얼굴로 스마트폰을 바라봤다.

실책은 언제든지 나올 수 있다.

그게 메이저리그라 하더라도 말이다.

하지만 타이밍이 중요했다.

방금 전 나온 테일러의 실책은 최악의 타이밍에 나온 실책이었다.

[주자 3루의 상황에 타석에는 3번 크리스 선수가 들어섭니다. 오늘 첫 타석에서 안타를 기록했지만 이후 병살타로 득점을 올리진 못했었습니다.]

[최악의 상황에서 최악의 상대를 만나게 됐습니다. 오늘 경기는 1점 승부가 될 가능성이 높습니다. 어떻게든 이 위기를 넘어갔으면 좋겠는데요.]

[위기의 상황에서도 인디언스 더그아웃은 움직이지 않습니다. 한 번쯤 끊어가도 괜찮지 않을까 싶은데요.]

[그만큼 강영웅 선수를 믿는단 이야기겠죠.]

[초구 던집니다. 볼입니다. 낮은 공에 크리스 선수의 배트가 돌지 않습니다.]

[1, 2루가 비어 있으니 굳이 좋은 공을 줄 필요가 없습니다. 1루를 채워두고 병살타를 노리는 것 역시 좋은 선택……]

뻑-!

[2구 들어갑니다! 바깥쪽 낮은 코스를 절묘하게 지나가는 빠른 공에 스트라이크 카운트 올라갑니다! 원 볼 원 스트라이크!]

영웅은 피하지 않았다.

상대가 자신에게 강하다는 건 알고 있었다.

'상황에 따라 피하는 승부를 할 때도 분명 있다.'

승부를 하는 이유가 자존심 때문은 아니었다.

그저 판단이었다.

'하지만 지금은 승부를 해야 될 때다.'

실책으로 인해 분위기가 레인저스에게 향하고 있었다.

만약 볼넷으로 크리스를 내보낸다면?

분위기는 완벽히 레인저스에게 넘어갈 게 분명했다.

이후 타자를 잡아낸다 하더라도 분위기를 온전히 가져오지 못한다.

그렇다 하더라도 위기는 넘길 수 있다.

나쁜 선택은 아니란 소리다.

분위기는 언제든지 넘어올 수 있는 거니까 말이다. 하지만 영웅은 단순히 거기까지만 생각하고 있는 게 아니었다.

'여기서 내가 크리스를 잡는다면 팀 분위기가 한번에 올라간다.'

영웅은 거기까지 생각하고 있었다.

뻐억-!

후웅-!

"스트라이크!"

[스플리터에 배트 헛돕니다! 원 볼 투 스트라이크! 유리한 고지를 점하는 강영웅 선수!]

'이 녀석만 잡으면 디비전 시리즈에 한 걸음 다가서게

된다!'

영웅이 퀵 모션으로 공을 뿌렸다.

쐐애애액-!

바깥쪽 낮은 코스로 공이 날아갔다.

구종은 포심 패스트볼.

허를 찌르는 승부구였다.

단순 허를 찌른 것만이 아니었다.

중계 화면 하단의 구속이 99마일이 찍혀 있었다.

최악의 순간에 최고의 공을 던진 것이다.

그때 크리스의 배트가 돌았다.

따악-!

겨우 배트 끝에 맞은 타구가 유격수 방향으로 굴러갔다.

퍽-!

[평범한 내야 땅볼! 파렐 선수가 잡아서 3루 주자를 눈으로 묶어둡니다!]

주자는 움직이지 못했다.

파렐이 전진 수비를 하고 있던 탓이다.

홈으로 파고들어도 잡힐 게 분명했다.

파렐이 몸을 돌려 1루 베이스를 향해 공을 뿌렸다.

'잡았다.'

영웅이 그 생각을 하는 순간.

[아아-! 이게 뭔가요?! 송구가 높게 들어갑니다! 알론조 선수, 점프하지만 공을 잡지 못합니다! 크리스 선수, 세이프! 그사이 3루 주자도 홈으로 들어옵니다!!]

실책이 또다시 나왔다.

7이닝 1실점 8탈삼진.
영웅의 와일드카드 결정전 최종 성적이었다.
압도를 하진 못했지만 나쁘지 않은 성적이었다.
아니, 충분히 승리투수가 될 수 있었다.
하지만 그러지 못했다.

[클리블랜드 인디언스 4개의 실책으로 자멸하다.]

최종 스코어 4 대 0.
빈타와 실책에 인디언스는 디비전 시리즈에 초대받지 못
했다.
영웅의 첫 가을야구는 쓸쓸하게 막을 내렸다.

가을야구에서 탈락한 인디언스는 일찌감치 시즌을 마감
했다.
영웅 역시 시즌을 마감하고 휴식을 취했다.
'작년과는 또 다른 기분이야.'
작년에는 포스트시즌 근처에도 가지 못했다.

그랬기에 그런가 보다라고 생각을 했었다.

하지만 올해는 달랐다.

첫 포스트시즌에서 공을 던졌다.

이기고 싶은 마음이 컸다. 그러나 패배했다.

'내가 조금 더 오래 던졌다면 이길 수도 있지 않았을까?'

그런 생각이 머리에 맴돌았다. 며칠 동안 말이다.

겨우 그것을 떨쳐 낼 수 있었을 때에는 한국에 갈 날이 다가오고 있었다.

'후회가 남아도 이미 시즌은 끝났어. 내년 시즌을 더 열심히 준비하는 수밖에 없다.'

정답이었다.

그러나 답을 알고 있다 해서 그것을 온전히 받아들일 수 있는 사람은 많지 않았다.

영웅은 노력했다. 짐을 챙기면서 미련을 버리려 했다. 그런 노력이 통해서인지 미련을 빠르게 버릴 수 있었다. 내년 시즌이 기다리고 있다는 사실도 언제까지 과거만 보고 있을 순 없게 했다.

"영웅아! 최 과장님 오셨어!"

수정의 부름에 영웅이 캐리어를 끌고 방을 나섰다. 거실에 수북하던 짐들은 이미 차로 옮겼는지 보이지 않았다.

입구에 서 있는 최성재가 보였다.

"최 과장님, 이번에도 잘 부탁드립니다."

"예, 캐리어는 제게 주시고 마지막으로 한 번 더 체크해 주세요."

"알겠습니다."

영웅의 캐리어를 받은 최성재가 집을 나섰다.

그 뒤를 수정이 따랐다.

영웅은 집에 남아 놔두고 가는 건 없는지 확인했다.

"엄마, 잘 챙기셨죠?"

"그럼. 그나저나 집을 이렇게 비워두면 불안해서 어쩌니? 훔쳐 갈 물건은 없다만은……."

"관리인이 주기적으로 와서 확인할 거예요."

"그래?"

"네, 그러니까 걱정하지 마세요. 짐 다 챙기셨으면 이제 갈까요?"

"그러자."

한혜선이 먼저 집을 나섰다.

영웅은 적막이 흐르는 집 안을 바라봤다.

'미련은 버리고 가자.'

탁-!

문이 닫히고 집 안에 어둠이 내렸다.

인천 공항.

한국에 들어온 영웅을 맞이하러 나온 기자가 많았다.

그 숫자만 해도 백여 명에 달했다. 거기에 팬들과 해외로 나가기 위한 여행객들 또는 한국에 들어온 여행객들까지.

엄청난 숫자의 사람들이 몰려 마비가 됐다.

결국 경찰의 호위를 받고 영웅은 공항을 빠져나갈 수 있었다.

"후아……."

차에 올라탄 영웅이 한숨을 토해냈다.

설마 이 정도의 인파일 줄이야.

꿈에도 상상하지 못했다.

"죄송합니다. 준비가 부족했던 거 같습니다."

"준비가 아무리 철저했어도 부족했을 거 같은데요?"

영웅의 말대로였다.

기자들의 숫자야 어느 정도 예상할 수 있다. 그러나 팬과 관광객의 숫자까지 파악하는 건 무리였다. 그나마 빠르게 경찰이 온 것도 최성재가 준비를 해둔 덕분이었다.

경찰에 협조를 구하는 건 바로 할 수 있는 일이 아니다.

미리 공문을 보내고 양해를 구해야 한다.

거기까지 준비를 해둔 것이다.

"일단 집에 도착하면 푹 쉬십시오. 그 뒤에 제대로 일정을 잡도록 하죠."

대략적인 일정은 잡혀 있다. 하지만 날짜는 결정되지 않았다. 모든 건 영웅의 스케줄에 따라 결정이 난다.

올 시즌에는 일적인 부분에 대해 거의 이야기를 하지 않았다. 영웅이 워낙 좋은 시즌을 치르고 있었기 때문이다.

덕분에 올해는 조금 빡빡하게 움직여야 했다.

그전에 일단 휴식이 먼저지만 말이다.

11장
시즌 종료

영웅은 푹 쉬었다.

정말 푹.

지칠 만큼 잤고 또 먹었다. 지친 몸을 회복하기 위해서는 잘 먹는 게 가장 중요했다.

일주일이 지난 뒤부터는 또다시 업무에 들어갔다.

스폰서들을 만나고 계약을 맺었다. 작년과 달라진 그의 위상 덕분에 계약 조건은 한 단계 더 높아졌다.

광고 촬영 역시 마찬가지였다.

작년에 맺었던 광고의 계약이 끝나면서 올해 새로운 계약을 맺었다.

개런티는 당연히 더 높아졌다.

기자들과 인터뷰 역시 매일같이 이어졌다.

두 번째 인터뷰를 진행할 때는 좋은 소식도 들려왔다.

"올 시즌 커리어하이를 기록했는데……."

"아, 잠시만요."

촬영 도중에 최성재가 끼어들었다.

의외의 상황.

촬영 팀이 불쾌한 표정을 지었다.

"무슨 일이죠?"

"방금 전 미국에서 연락이 왔습니다. 올 시즌 아메리칸리그 사이영 상이 확정됐습니다."

"저…… 정말입니까?"

불쾌했던 촬영 팀의 얼굴에 화색이 감돌았다.

현장에서 알게 된 소식이다.

미국의 언론에서 먼저 쓰겠지만 인터뷰를 따는 건 자신들이 가장 빠를 거다.

"예, 사실입니다. 현지에서도 곧 언론을 통해 발표를 할 겁니다."

"축하합니다!!"

사람들의 축하가 쏟아졌다.

한국인, 아니, 동양인으로는 최초의 사이영 상 타이틀이었다.

영웅의 입장에서도 남다른 상이었다.

'사이 영의 업적을 기리기 위해 만든 상을 받게 됐다.'

엄연히 따지면 스승은 잭이다.

그가 있었기에 꿈의 그라운드에 갈 수 있었다.

하지만 사이 영도 스승이었다.

꿈의 그라운드에서 잭 이외에 가장 많은 걸 알려준 사람이 그였다.

그의 이름을 딴 상을 받았으니 영웅으로서는 영광일 수밖에 없었다.

"저…… 인터뷰 내용을 조금 바꿔도 되겠습니까?"

"사이영 상에 관한 소감을 묻는 거라면 괜찮습니다."

"감사합니다!"

영웅의 허락이 떨어지자 현장에서 급하게 원고를 수정했다.

질문 내용을 최성재와 영웅이 검토를 한 뒤에 인터뷰가 다시 진행됐다.

그리고 몇 시간 뒤.

미국 언론을 통해 메이저리그 사이영 상을 받게 된 두 선수의 기사가 나왔다.

아메리칸리그는 강영웅.

내셔널리그는 클레이튼 커쇼.

커쇼는 4번째 사이영 상을 수상한 선수가 되었다.

작년보다 영웅을 원하는 곳은 더 많아졌다.

하지만 계약을 맺은 곳은 더 적었다.

"많은 곳과 계약을 맺는 것도 좋지만 알짜배기와 계약을 맺는 것 역시 좋은 방법입니다. 특히 내년 시즌 역시 준비를 해야 하기에 광고에 너무 많은 시간을 뺏기는 것도 좋지 않습니다."

영웅의 최성재의 조언을 따랐다. 많은 시간을 함께한 건 아니다. 하지만 그동안 보여준 모습은 그를 믿기에 충분했다.

계약이 줄어드니 여유 시간이 많아졌다. 사적으로 움직일 수 있는 시간이 생긴 것이다.

"오늘 잠깐 나갔다 올게요."

"혼자서?"

"네, 형수 형 만나기로 했어요."

"아~ 그래도 조심히 다녀오렴."

"옙, 다녀오겠습니다."

집을 나선 영웅이 엘리베이터에 몸을 실었다. 지하 주차장으로 향했다.

작년에 영웅은 면허증을 땄다. 미국에서는 SUV도 한 대 구입해서 타고 다녔다. 하지만 한국에서는 아직 차가 없었다. 한국에 있는 시간이 너무 적었기 때문이다.

한데 며칠 전 최성재가 차를 한 대 가져다주었다.

"단기 렌트를 한 겁니다. 비용은 걱정하지 마시고 마음 편안하게 타시면 됩니다."

그 차가 지하 주차장에서 자고 있었다.

엘리베이터에서 내린 영웅이 지하 주차장 한쪽에 세워져 있는 차 앞에 섰다.

붉은색 페라리였다.

차에 오른 영웅은 이것저것을 살펴보느라 정신이 없었다.

SUV나 세단은 몇 번 몰았다.

어머니가 세단을 몰고 있다 보니 운전해야 될 일이 몇 번 있었다.

하지만 스포츠카는 처음이었다.

"리모컨 키가 아니어서 뭔가 했는데, 이건 아직도 아날로그 방식이네."

핸들 뒤에 있는 패들시프트는 나름 익숙했다.

"다른 건 뭐 비슷하네. 일단 운전해 봐야지."

관찰을 멈추고 시동을 걸었다.

부아아앙─!

굉장한 엔진음이 지하 주차장을 울렸다.

"와⋯⋯."

감탄이 절로 나오는 소리였다.

이래서 스포츠카를 타나 싶었다.

그르릉─!

천천히 출발을 하자 엔진이 낮게 울었다.

주차장을 벗어나 공도에 들어서자 조금씩 속도를 올렸다.

"좋긴 하네!"

고속도로에 접어들자 본격적으로 속도를 냈다.

순식간에 치고 나가는 차에 간혹 과속이 되기도 했다.

"속도위반이 되면 안 되지."

영웅은 속력을 조절하면서 빠르게 강남으로 향했다.

강남에는 여러 외제차가 돌아다닌다.

지역에 따라 차이가 있긴 하지만 다른 곳보다는 더 쉽게 볼 수 있는 곳이기도 했다.

페라리도 그리 어렵지 않게 볼 수 있었다.

그렇다고 눈길을 끌지 않은 건 아니었다.

붉은색 페라리가 한정식집 앞에 서자 주변을 걸어가던 사람들이 힐끔힐끔 바라봤다.

곧 문이 열리고 한 남자가 나오자 더더욱 시선이 집중됐다.

"저기 강영웅 아니야?"

"맞는 거 같은데?"

"와……. 강영웅이 페라리 모는 거였어?"

"쩐다."

차의 주인은 강영웅이었다.

사람들이 스마트폰을 꺼내 그의 사진을 찍기 시작했다.

그런 사진들은 곧 페이스북이나 인스타그램 같은 소셜 미디어에 장식이 되었다.

"주차 좀 부탁할게요."

"예."

발레파킹을 맡기고 영웅이 가게 안으로 들어갔다.

곧 직원의 안내를 받아 별관으로 향했다.

똑똑ㅡ!

"강영웅 님 도착하셨습니다."

드르륵–!

문이 열리자 익숙한 얼굴의 두 사람이 보였다.

박형수와 대성이었다.

"왔냐?"

"오랜만이다."

두 사람의 환영을 받으며 영웅이 안에 들어섰다.

간단하게 인사를 나누고 각자 자리에 앉았다.

"야, 근데 언제부터 페라리 몰기 시작한 거야?"

"어? 어떻게 아셨어요?"

"방금 전에 페이스북에 떴다."

박형수가 스마트폰을 내밀었다.

정말이었다.

한 장의 사진과 함께 위치까지 떴다.

"이야…… 이게 벌써 올라왔어요? 진짜 방금 전인데."

"너 같은 유명인은 가는 곳마다 시선 집중이니까."

"정말 그렇네요. 그리고 제 차 아니에요. 한국에 있을 때만 잠깐 몰기로 했어요."

"흠, 그럼 페라리에서 스폰 해줬나 보네. 그쪽은 이런 식으로 광고하기도 하니까."

"광고요?"

"유명인이 타면 일반인들의 입에 오르내린다. 그렇게 되면 자연스레 브랜드 이미지가 높아지거든. 특히 너 같은 경우는 지금 한국에서 가장 영향력이 높은 선수 아니냐?"

사실이었다.

페라리는 그런 효과를 노리고 차를 빌려준 것이었다.

"어쨌든 오랜만에 밥이나 먹자."

곧 음식이 차려졌다.

오랜만에 만나는 세 사람이지만 어색함은 없었다.

마치 어제 만났던 것처럼 대화가 끊이지 않았다.

후식을 먹을 때쯤 두 사람이 근황을 이야기했다.

"참, 대성이 이 녀석 내년부터 트윈스에 입단한다."

"정말?!"

영웅이 대성을 보며 물었다.

"올해 올스타 브레이크 때 코치님 앞에서 공 던지다가 간단하게 테스트 받았거든. 그 뒤에 감독님 앞에서 테스트를 받았고 계약을 하기로 했다."

"이야! 잘됐다!"

정말 잘된 일이었다.

"참, 형님은 올해 끝으로 FA셨잖아요?"

영웅이 박형수에게 물었다.

박형수는 차로 목을 축이고는 씩 웃으며 말했다.

"난 메이저리그에 도전한다."

작년부터 박형수는 메이저리그에 도전할 계획을 가지고 있었다. 그걸 행동으로 옮길 생각이었다.

사실 그는 2년 전에도 해외 진출을 꿈꿨다. 하지만 구단의 만류로 남았다.

시간은 흘렀지만 더 이상 막아설 장애물이 없었다.

무엇보다 한국에서의 2년은 값진 경험이었다. 타격의 레벨이 한 단계 높아졌다. 많은 전문가가 그의 타격은 월드클래스라고 말하고 있을 만큼 말이다.

"축하드립니다."

"축하는 무슨. 성공을 해야 축하를 받는 거지."

"형님이라면 빅 리그 구단들도 탐을 낼 게 분명해요."

"그치?"

박형수가 웃으며 되물었다.

"사실 몇 군데서 이미 오퍼가 들어왔다. 대략적인 조건만 봐서는 꽤 만족스러워."

"오오!!"

박형수는 포스팅이 아닌 FA로 진출하는 거다.

아마 시즌 도중이나 이전부터 메이저리그 구단들과 이야기를 나누었을 거다.

최근 메이저리그는 오른손 장타자가 부족했다.

메이저리그 전문가들의 의견이지만 박형수는 메이저리그에서 20개 이상의 홈런을 때릴 수 있단 평가를 들었다.

당연히 구단들이 탐을 낼 존재였다.

포수라는 걸림돌이 있긴 하지만 말이다.

"영어 공부는 좀 하셨어요?"

"2년 전부터 공부를 하고 있다. 이래저래 여행도 다니면서 실전도 경험했고. 그런데 메이저리그는 분위기가 어떠냐? 야구야 내가 선배지만 메이저리그 경험은 네가 선배 아니냐?"

박형수의 질문에 영웅이 대답을 했다. 대성은 그런 두 사람의 대화를 흥미롭게 들었다 메이저리그에서이 삶을 듣는 건 쉽지 않은 일이었으니 말이다.

　그렇게 대화를 하다 보니 밤이 깊어져 갔다.

　영웅은 본격적인 몸 만들기에 돌입했다.

　작년 시즌.

　커리어하이를 기록했다.

　미리 대비를 한 덕분인지 시즌 후반도 어렵지 않았다.

　하지만 2년 차와 3년 차는 또 다르다. 상대 팀은 2년 차의
자신을 공략하려 할 것이다.

　'한 단계 더 발전을 해야 된다.'

　그 자리에 만족하는 순간 도태된다.

　사실 영웅의 이런 마인드는 놀라운 일이었다. 비슷한 나이
의 다른 선수들이 이 정도의 성적을 냈다면 거기에 도취됐을
것이다.

　자만에 빠져 훈련을 게을리할 수도 있다. 또는 엄청난 돈
을 만지면서 그것을 쓰느라 정신이 없을 수도 있었다.

　하지만 영웅은 달랐다. 그는 확고한 목표가 있었다.

　레전드 플레이어들과 어깨를 나란히 하는 거였다.

　즉, 그의 목표 선수들이 하나같이 높은 곳에 위치해 있다
는 점이었다.

　그렇기에 그는 지금에 안주하지 않았다.

　영웅의 눈은 언제나 레전드 플레이어들에게 가 있었으니

말이다.

'그들에게 닿기 위해서는 더 노력해야 된다. 지금의 성적에 만족해서는 안 돼.'

영웅의 땀방울이 곧 비 오듯 쏟아졌다.

잠시 후.

운동을 끝낸 영웅이 휴게실에 앉아 있었다.

딸칵—!

곧 문이 열리고 최성재가 들어왔다.

"운동 다 하셨어요?"

"네, 오늘 할당량은 끝냈습니다."

"그렇군요."

맞은편에 앉은 최성재가 태블릿 PC를 꺼냈다.

"다시 한번 스케줄 체크를 할게요. 이번 주에는 촬영 스케줄이 없고 대명고 방문이 예정되어 있습니다."

대명고는 영웅의 모교였다.

작년에는 시간을 낼 수 없어 방문이 어려웠다. 그게 마음이 걸렸던 영웅은 올해 방문하기로 시즌 중부터 결정을 했다.

"이번 대명고 방문에 파르마에게 야구 물품 지원을 요청했습니다. 약 3,000만 원어치의 물품을 지원받을 수 있을 겁니다."

3,000만 원이라면 엄청난 양이었다. 야구화로 따지면 수백 켤레에 달했다.

물론 야구화만 있는 건 아니었다. 글러브나 포수 장비 등 여러 장비를 가지고 갈 계획이었다.

"장학금을 좀 지원해 주고 싶어요."

"장학금이요?"

"네, 어렵게 야구하는 친구들에게 조금이라도 도움이 되고 싶습니다."

"금액은 어느 정도 생각하고 계십니까?"

"5,000만 원입니다."

최성재의 눈이 커졌다.

영웅은 아직 연봉이 많지 않다. 최저 연봉보다 1만 달러 정도 더 높은 수준이었다.

이상할 수도 있지만 메이저리그에서는 당연한 일이다. 클레이튼 커쇼 역시 고액 연봉이 된 것은 2012년부터였다.

연봉 조정 신청을 하면서 750만 달러라는 엄청난 연봉을 받게 됐다. 11년도 연봉이 50만 달러였던 것에 비하면 엄청난 상승이었다.

영웅이 연봉 조정 신청을 하기 위해선 내년 시즌 부상이 없으면 가능했다.

물론 영웅은 부가 수익이 있었다.

스폰서부터 광고까지.

그 개런티만 하더라도 영웅의 통장에는 20억에 달하는 돈이 있었다.

그렇다 하더라도 5천만 원의 장학금은 매우 큰돈이었다.

놀라는 최성재를 보며 영웅이 이야기를 꺼냈다.

"제가 어릴 때 집이 잘살지 못했어요. 그때 도움이 됐던 게 선배님들이 보내주는 물품, 그리고 장학금이었습니다."

프로 선수가 배출되면 연봉의 일부를 학교에 장학금 형식으로 기부를 한다. 물품을 보내주는 선수들도 있었다.

그들에게는 별게 아니지만 가난한 선수들에게는 큰 도움이 됐다.

굳이 가난하지 않더라도 부담을 덜 수 있는 건 사실이었다.

영웅은 자신이 받은 걸 돌려줄 생각이었다.

그 진심이 전해졌는지 최성재가 고개를 끄덕였다.

"알겠습니다. 그럼 그렇게 준비하도록 하겠습니다."

"예, 부탁드릴게요."

대명고 강당에 야구부가 모여 있었다.

훈련을 하는 건 아니었다.

야구부만이 아니라 일반 학생들이나 시민들, 그리고 수많은 기자가 카메라를 들고 있었다.

그들은 누군가를 기다리는 모양새였다.

그 누군가는 다름 아닌 영웅이었다.

메이저리그를 평정한 그의 방문은 대명고만이 아니라 지역의 축제가 되었다.

"저기 나온다!"

누군가 소리쳤다. 사람들의 시선이 집중된 곳에 건장한 체격의 남자가 걸어오고 있었다. TV에서나 보던 강영웅이었다.

"저기 나왔다. 찍어!"

누군가의 말이 신호가 됐다.

기자들이 일제히 플래시를 터뜨렸다. 영웅의 일거수일투족은 사람들의 관심 대상이었다.

특히 모교에 방문하는 건 메이저리그 진출 이후 처음이었다. 당연히 많은 관심이 몰렸다.

단상에서 장학금 전달식을 가졌다.

최성재가 미리 준비한 오천만 원이 적힌 패널을 대명고 감독인 이상우에게 건넸다.

파파파팟-!

잠깐의 포토타임을 가지는 시간.

이상우가 조용한 목소리로 말했다.

"이렇게 큰돈을 줘서 고맙다. 네 덕분에 어려운 처지의 아이들이 야구를 계속 할 수 있게 됐어."

"그 말을 들으니 기분이 좋네요."

잘 성장한 제자의 대답에 이상우의 미소가 더욱 짙어졌다.

잠시 후.

영웅이 단상에 서서 소감을 발표했다. 미리 준비한 원고를 읽는 것이기에 무난한 소감 발표였다.

마지막 시간은 야구 교실을 여는 것이었다.

사실 영웅은 이 일이 내키지 않았다. 스스로도 해나가야 될 게 많다고 생각했기 때문이다.

하지만 이상우 감독과 최성재가 한목소리로 아이들에게 큰 도움이 된다는 말에 승낙을 했다.

영웅은 이 시간을 위해 많은 걸 준비했다.

특히 타격 쪽에 대해 시간을 많이 투자했었다. 그가 잘 모르는 분야기 때문이다.

준비를 하면서 큰 도움이 됐던 게 꿈의 그라운드에서 배운 걸 적어둔 수첩이었다.

또한 그의 머릿속에는 선수들이 어떻게 타격을 하는지에 대해서도 들어 있었다.

그리고 그들과 싸우면서 배웠던 것들 역시 기억했다.

그것들을 이용해 타자들에게도 조언을 해줄 계획이었다.

먼저 투수들에게 강의를 시작했다.

"어릴 때는 구속에 매료될 수 있지만 가장 중요한 건 제구력입니다. 구속이 아무리 빨라도 내가 원하는 코스에, 그리고 상황에 맞춰 공을 던질 수 없다면 빠른 구속은 독이 될 뿐입니다."

영웅은 차분하게 이야기를 이어갔다.

학생들이 하는 질문에도 침착하게 대답했다.

"잘하는데?"

"그러게 말이야. 긴장을 하지 않네."

많은 사람 앞에 서는 건 익숙한 영웅이다.

하지만 야구를 하는 것과 이야기를 하는 건 전혀 다른 일이다. 그래서 많은 선수가 모교 방문에서 긴장한 모습을 보이기도 했다.

그렇기에 영웅의 모습이 이채로웠다.

영웅은 질문을 하는 학생을 앞으로 불러내 직접 자세를 지도해 주기도 했다,

그럴 때마다 학생들은 무척이나 행복한 표정을 지었다.

메이저리그 선수는 학생들에게 선망의 대상이나 다름없었다.

"투구를 할 때 헤드업도 조심해야 됩니다. 시선이 마지막 순간까지 포수의 미트에 향해 있지 않으면 공이 제대로 던져지지 않아요. 이건 타격에 있어서도 마찬가지입니다."

"응?"

"설마 타격에 대해서도 어드바이스를 할 생각인가?"

기자들이 의아한 반응을 보였다.

하지만 영웅은 강의를 멈추지 않았다.

"타격을 할 때 머리를 딱 고정을 해서 공에서 눈을 떼면 안 됩니다. 기본이지만 이걸 지키는 건 매우 어려워요. 머리에 언제나 기억을 하고 있어야 됩니다."

영웅은 투구에 대한 부분과 타격에 대한 부분을 절묘하게 배분해서 이야기를 진행했다.

처음에는 의아해하던 기자들도 곧 그의 강의에 빠져들었다.

'이 정도면 코치를 해도 되겠는데?'

'은퇴 뒤에 지도자 생활을 해도 되겠어.'

그런 생각을 하는 기자도 몇몇 있었다.

그렇게 영웅의 강의는 2시간여에 거쳐서 이어졌다.

이후에는 사인회와 악수를 나누는 자리를 한 뒤 공식 일정이 마무리됐다.

모교 방문이 끝난 뒤.

영웅은 바로 집으로 돌아가지 않았다.

최성재에게 부탁해 예전에 살던 지역에 방문했다.

영웅이 도착한 곳은 그가 나온 초교 인근의 개천이었다.

"잠깐 다녀올게요."

"예, 여기서 기다리고 있겠습니다. 무슨 일이 있으면 전화 주시고요."

"네."

최성재는 동행하지 않았다.

영웅의 부탁이 있었기 때문이다.

개천 다리 밑을 걷는 영웅은 예전 일이 떠올랐다.

'여기에서부터 시작됐었지.'

야구부에 들어가고 싶어 이곳에서 백 개의 공을 찾으려 했다.

지금 생각하면 무모하고 멍청한 짓이었다.

'그렇기에 야구를 할 수 있게 됐다.'

그 무모하고 멍청한 일을 했기에 레거시를 손에 넣었다.

잭을 만났고 야구를 배웠다.

꿈의 그라운드에 들어가 레전드 플레이어들의 조언을 들을 수 있었다.

'감사합니다.'

이 말을 들을 수 있을지 모르지만 영웅은 그들에게 감사의 마음을 전했다.

"당신들에게 반드시 가겠습니다."

다시 한번 다짐을 하며 영웅이 몸을 돌렸다.

이제 내년 시즌을 위해 본격적으로 달려야 할 때었다.

[박형수 메이저리그 진출 선언!!]

11월이 끝났다.

올 시즌 스토브리그의 가장 뜨거운 감자였던 박형수가 메이저리그 진출을 공식 선언 했다.

가는 사람이 있으면 돌아오는 사람도 있었다.

메이저리그에 진출했던 3명의 선수가 연달아 한국으로 유턴을 했다.

높은 벽을 넘지 못한 것이다.

영웅은 그런 소식들을 접하면서 훈련에 열중했다.

밖의 추운 날씨 탓에 실외 훈련을 제외한 실내 훈련으로만 진행했다.

'이제 슬슬 해외로 나가야겠어.'

그때 한 통의 전화가 왔다.

박형수였다.

─올해도 같이 훈련하자!

작년 그와 훈련을 하면서 좋은 효과를 받던 영웅이다.

거부할 이유가 없었다.

"올해도 괌에서 하실 건가요?"

─아니, 올해는 플로리다에서 하자.

플로리다는 메이저리그의 스프링캠프가 열리는 지역이다.

내년 시즌을 대비한 훈련임을 알 수 있었다.

"알겠습니다."

─좋아, 그럼 성재 형님한테 그렇게 부탁해 놓을게.

"예."

박형수의 에이전트 역시 최성재였다.

내년 시즌을 위한 준비가 차근차근 진행되고 있었다.

영웅은 비행기에 몸을 실었다. 마이애미로 가기 위함이다.

올해는 박형수와 둘이 훈련을 하기로 했다. 대성은 비용 문제로 빠졌다.

미국에서 훈련을 하는 데에는 많은 비용이 든다. 영웅이 내 줄까도 했지만 본인이 요청하지 않은 일에 나설 수 없었다.

의자에 앉아 식사를 끝낼 무렵.

최성재가 다가왔다.

"혹시 기사 보셨습니까?"

"기사요?"

의아해하자 최성재가 스마트폰을 내밀었다.

해외 야구 기사였다.

[딘 오커닐 감독 경질!]

영웅의 눈이 커졌다.

"감독님이 경질이라니……."

"구단 측에서 칼을 뽑은 거 같습니다."

"칼이요?"

"오커닐이 감독을 맡은 지 벌써 4년이 됐습니다. 그동안 인디언스의 성적은 지구 4위가 두 번, 5위가 한 번, 올 시즌 2위가 최고였습니다."

충분히 좋아졌다고 생각할 수 있다.

하지만 스포츠는 궁극적으로 우승이 목적이다.

프로라면 더더욱 위를 봐야 한다.

그걸 알기에 영웅은 아무 대답을 하지 못했다.

"미국에 가면…… 감독님께 인사를 드리러 가야겠어요."

"예, 미리 약속을 잡아두도록 하겠습니다."

뜻하지 않은 이별, 하지만 크게 생각하지 않았다.

이미 꿈의 그라운드에서 이별을 경험했던 영웅이기에 견뎌낼 수 있었다.

마이애미에 도착한 영웅은 몸 만들기에 들어갔다.

기초 체력 훈련은 한국에서 끝낸 상황.

본격적인 벌크업을 통해 파워와 지구력을 동시에 잡을 생각이었다.

'작년 개인 훈련에서 체력에 중점을 뒀던 게 큰 도움이 됐었다.'

그걸 아는 영웅은 이번 훈련도 게을리하지 않았다.

"으랏차!"

벤치프레스를 하는 박형수는 요란한 기합을 터뜨렸다.

"흡-!"

반면 영웅은 조용히 훈련을 했다.

상반된 성격의 두 사람.

그렇기에 더 훈련에 시너지효과를 낼 수 있었다.

영웅에게 필요한 건 동적인 부분이었고 박형수에게는 정적인 부분이 필요했다.

두 사람은 훈련에만 열중하는 게 아니었다.

휴식이 필요할 때도 제대로 쉬었다.

"캬~ 한겨울에 맛보는 따뜻한 햇살. 이래서 해외로 개인 훈련을 오는 거라니까?"

두 사람은 해변의 선베드에 누워 있었다. 따뜻한 햇볕을 받는 것만으로도 힐링이 되는 기분이었다.

"형님, 계약에는 좀 진전이 있으세요?"

"계약? 뭐, 몇 군데 더 들어왔다고는 하던데. 성재 형님이 알아서 하시겠지."

"여유로우시네요."

박형수가 상체를 일으켰다.

"여유롭다기보다는 믿고 있는 거다."

박형수와 최성재의 유대 관계는 매우 돈독했다. 시작이 어찌 되었는지 모르지만 저렇게까지 믿는 박형수가 대단하게 느껴졌다.

하지만 그런 생각은 영웅의 착각이있다.

"내 실력을 말이지."

"예?"

"메이저는 최고의 리그다. 그런 곳에서 날 데려가지 않을 리 없어. 만약 데려가려고 하는 놈들이 없다면 내 실력을 몰라봤다는 소리지."

엄청난 자신감이었다.

"많은 사람이 내년 내 성적을 20개의 홈런으로 잡고 있던데. 들었냐?"

"아, 예. 기사라면 좀 봤습니다."

"개소리도 그런 개소리가 없지. 20개? 난 메이저에서도 40개 이상을 때려낼 타자다. 나아가 메이저리그 최다 홈런도 넘어설 생각이다."

메이저리그 최다 홈런은 정찬열이 가지고 있었다.

80개의 홈런을 때려낸 그의 기록에 도전한다는 말에 전율이 돌았다.

"넌 뭘 할 거냐?"

"예?"

"이 몸의 계획을 들었으니 네 계획도 말해달라는 거다."

영웅은 고민에 잠겼다.

작년에도 비슷한 질문을 들었다. 아담 윌슨에게서 말이다.

당시에는 포스트시즌 진출, 나아가 월드시리즈에서 우승하는 게 목표였다.

하지만 실패했다.

이제 새로운 시즌이 다가온다. 새로운 목표가 필요한 시점이었다.

아니, 새로운 목표가 아닌 원래의 목표를 다시 떠올렸다.

"전 역사에 남는 선수가 되고 싶습니다."

"역사?"

영웅이 고개를 끄덕였다.

"좋은데? 우리 같이 역사에 이름을 남겨볼까?"

박형수의 말에 영웅이 미소로 화답했다.

며칠 뒤.

영웅은 오전 훈련을 뺐다.

그가 훈련에서 빠지는 건 매우 드문 일이었다.

그렇기에 박형수가 집요하게 질문을 해댔다.

영웅은 그를 겨우 떼어내고 약속 장소로 향했다. 해변이 보이는 한 카페였다. 외진 곳에 있다 보니 사람이 없었다.

덕분에 영웅은 한가롭게 테라스에 앉아 음료를 마실 수 있었다. 자리가 좋지 않아 마이애미 해변이 보이지 않는 게 단점이었다.

딸랑-!

그때 1층에서 문이 열리는 소리가 들렸다.

잠시 후 2층 계단을 통해 한 여성이 들어왔다.

챙이 넓은 모자를 쓰고 선글라스까지 쓴 모습이 딱 봐도 관광객으로 보였다.

그녀는 두리번거리다 곧 영웅을 발견하고 다가왔다.

"오빠!"

모자를 벗는 그녀는 다름 아닌 예린이었다.

영웅도 자리에서 일어나 그녀를 맞이했다.

"오랜만이야."

"우와! 오빠 엄청 탔네요?"

"요즘 운동을 열심히 하고 있거든. 왜? 이상해?"

"아니요. 섹시해요!!"

예린의 말에 영웅이 미소를 지었다.

자리에 앉은 두 사람은 이런저런 이야기를 나누며 시간을 보냈다.

"미국 공연이 잘됐다고 들었는데. 어땠어?"

"완전 멋졌어요! 사람도 5,000명이나 왔는데 대부분 현지인이었어요. 한국 사람은 500명? 그 정도밖에 안 왔어요!"

예린이 속한 그룹 걸스는 미국 투어 중이었다.

인지도가 높아지면서 점차 해외 투어가 많아지더니 최근에는 미국에서 공연까지 하고 있었다.

대규모 공연은 아니었다. 5,000명이란 숫자가 많아 보여도 공연계에서 보자면 그리 많은 숫자가 아니다.

하지만 걸그룹이 첫 공연에 이 정도의 인원을 모았다는 건 대단한 일이었다.

"참! 이거 다음 달에 나올 저희 새 앨범이에요! 드디어 2집이 나와요!"

"정말? 그런데 다음 달에 나오는데 줘도 되는 거야?"

"괜찮아요! 다음 달이라 해도 앞으로 열흘이면 나올 거예요. 게다가 이번 아니면 줄 수 있는 기회가 없잖아요."

그것도 그렇다. 영웅은 1월까지 마이애미에 있을 예정이지만 예린은 이틀 뒤에 한국에 돌아갈 예정이었다.

"그나저나 미국은 정말 좋네요. 한국에서는 매니저 없이 거리에 다니는 건 상상도 못 해요. 그런데 여기는 저 혼자 다녀도 알아보는 사람이 없어요."

그 심정은 이해가 된다.

한국과 미국은 정서가 전혀 다르다.

영웅도 미국에서는 엄청난 유명인 중 한 명이었다. 하지만 돌아다니는 데 지장을 받거나 하지 않았다.

사인 요청이나 사진 요청은 있지만 그 정도가 심한 편은 아니었다.

한국은 달랐다.

동네를 달려도 사람들이 몰려들었다. 그래서 따로 피트니스 센터를 구했던 거고.

자신의 일거수일투족이 감시를 당하는 느낌이었다.

간혹 여자들이 달려들어 스킨십을 유도하는 경우도 있었다. 물론 나쁜 의도는 아닐 거다.

그렇게 생각하지만 여자의 몸인 예린이라면 어떨까?

자신보다 더하면 더했지 덜하진 않을 것이다.

"일…… 힘들어?"

"힘들죠. 매일 스케줄에 연습, 공연, 해외 스케줄 등등. 정말 쉴 틈이 없다니끼요."

예린은 마치 푸념하듯 힘든 일들을 늘어놓았다.

인기가 높아지면서 스케줄이 많아졌다.

매일 불러주는 곳이 있어 지방에 내려가는 일도 잦았다.

게다가 최근 반년 동안에는 해외 스케줄이 늘어났다.

동남아, 중국, 일본 등 아시아 지역을 돌아다니느라 마일리지가 엄청 쌓였다는 이야기도 했다.

듣기만 하더라도 아득할 지경이었다.

'우리들도 힘들긴 하지만 저쪽도 장난 아니구나.'

그걸 자신보다 더 어린 예린이 한다는 게 대단했다.

"그래도 즐거워요."

"즐거워?"

"네! 데뷔하기 전에 연습생 기간이 4년? 정도 됐거든요. 그때는 정말 힘들게 연습했어요. 부모님이 지원을 해주시긴 했지만 기본적으로 합숙이거든요."

"4년이나?"

"전 별거 아니에요. 다른 언니들 중에는 10년 동안 연습생하는 분들도 있어요."

"헐⋯⋯."

"그때는 그냥 공연만 해보고 싶었어요. 가끔 축제 같은 곳에서 댄싱 팀으로 공연할 때도 있었는데. 그것조차 엄청 재밌었어요. 그런데 이제 제 노래로 무대를 꾸밀 수 있잖아요. 사람들이 절 보러 와주는 거고. 그래서 힘들지만 즐거워요."

천성이 연예인이 아이였다. 직업 자체를 즐겼고 그것을 좋아하고 있었다.

"그리고 만약 인기가 없어져서 불러주는 곳이 없다면 더 힘들 거 같아요. 실제로 같은 소속사에 선배 언니들 그룹이 있는데, 요즘 불러주는 곳이 없어서 무척 힘들어하더라고요."

그 뒤로도 두 사람은 이런저런 대화를 나누며 시간을 보냈다.

또 마이애미의 시내를 돌아다니기도 했다.

간혹 영웅을 알아보는 사람이 나올 때는 어느새 예린이 사라져 있었다. 이런 쪽으로 따로 훈련을 받나 싶기도 했다.

2시간 뒤.

영웅은 차로 예린을 데려다주었다.

마이애미에서 타고 다니기 시작한 포르쉐가 해안도로를 빠르게 달렸다.

"와~ 이래서 사람들이 오픈카를 타는구나!"

호텔 앞에 정차한 차에서 예린이 말했다.

해안도로를 달릴 때 느꼈던 그 개방감은 이루 말할 수 없었다.

"데려다줘서 고마워요!"

"조심히 들어가."

"……네."

뭔가 틈이 있었던 거 같은데.

의아함을 느낄 때 예린이 차에서 내렸다.

to be continued

지갑송 퓨전 판타지 장편소설

레벨업하는 몬스터

Wi Boo

[특성개화 100% 완료]

시스템 활성화
특성 개화로 인하여 종족 변경:
인간 ➡ 몬스터

인간과 몬스터가 공존하는 현대.
갑작스런 특성의 개화.
기사도 사냥꾼도 아닌 몬스터로 종족이 변했다!
더 이상 인간으로 생활이 불가능한 상황!

"도대체 뭘 어떻게 하면 되냐고!"

처절하게 레벨을 올려야
사람으로 살 수 있다!